陶渊明批评

萧望卿　著

北京出版集团公司
北京出版社

图书在版编目（CIP）数据

陶渊明批评／萧望卿著. — 北京：北京出版社，2014.3

（大家小书）

ISBN 978 - 7 - 200 - 10341 - 0

Ⅰ. ①陶… Ⅱ. ①萧… Ⅲ. ①陶渊明（365～427）—人物研究 Ⅳ. ①K825.6

中国版本图书馆 CIP 数据核字（2013）第 301232 号

责任编辑　高立志
责任印制　宋　超
装帧设计　北京纸墨春秋艺术设计工作室

· 大家小书 ·

陶渊明批评

TAO YUANMING PIPING

萧望卿　著

*

北京出版集团公司
北京出版社　出版

（北京北三环中路 6 号）

邮政编码：100120

网　　址：www.bph.com.cn

北京出版集团公司总发行
新 华 书 店 经 销
三河市同力彩印有限公司印刷

*

880 毫米×1230 毫米　32 开本　5.125 印张　85 千字
2014 年 3 月第 1 版　2023 年 2 月第 2 次印刷
ISBN 978 - 7 - 200 - 10341 - 0
定价：30.00 元
质量监督电话：010 - 58572393

萧望卿像

与友人季羡林、王瑶等合影

◀萧望卿在书房
▼萧望卿手迹

从旧书店购得《圆明园》
一书，李瑞
宏荃老兄
希和将陪游园明园遗址
时之雅兴，君发兴感，写成好诗。
望卿
一九八八年
一月二十九日

▶作者悬于书房的沈从文亲赠手迹三幅

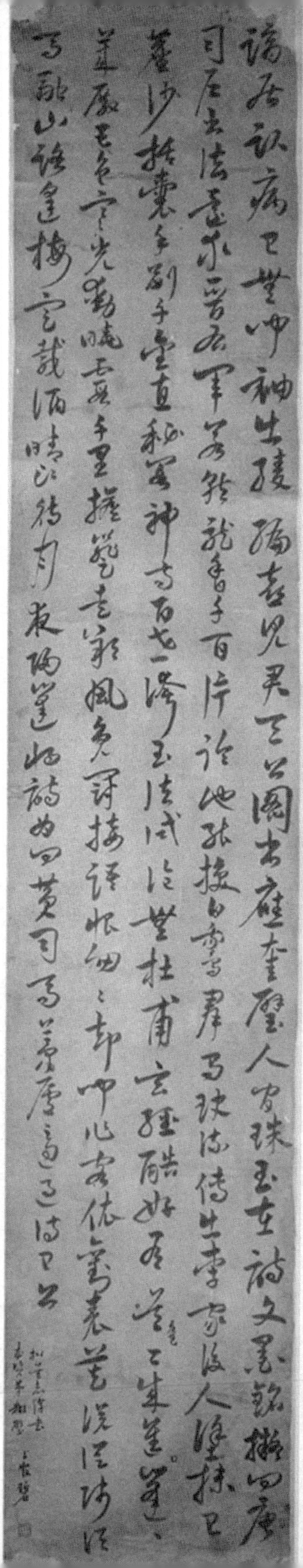

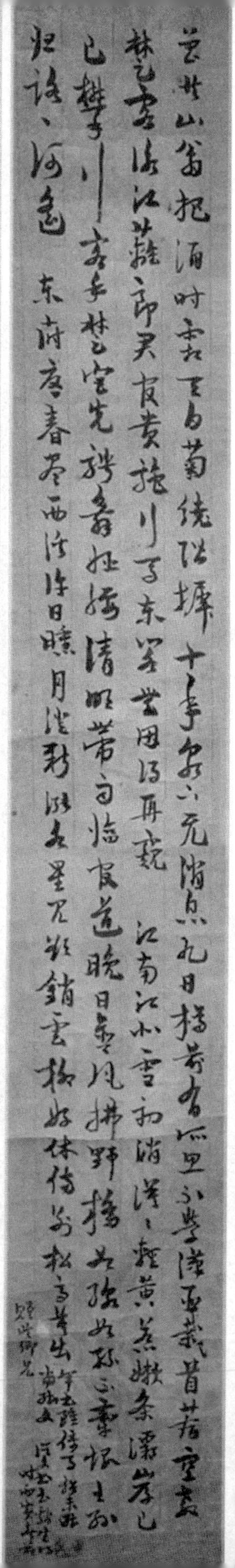

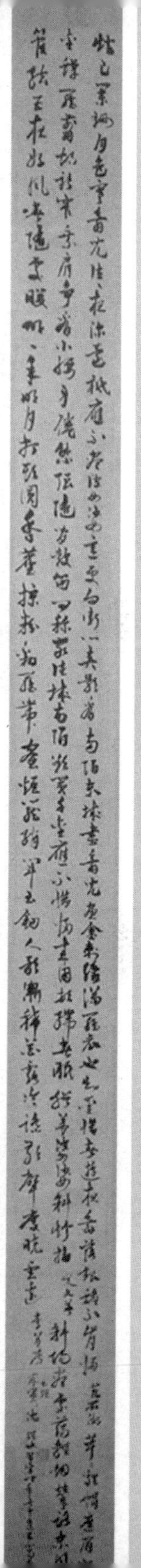

（书法作品，行草竖排，自右至左）

蛾眉山月半轮秋，影入平羌江水流。夜发清溪向三峡，思君不见下渝州。

峨眉山月歌 东坡居士

云想衣裳花想容，春风拂槛露华浓。若非群玉山头见，会向瑶台月下逢。

……东坡春日……晚月徘徊……星斗……云揽……松……

诸君识病已竟……神生瘦……孤……儿……园古庭奎壁人方珠玉……诗文墨……撰四库……

司马法兵术军事……张揽……传先李家眷属人……

……手挥毫……风兔……评抹诗帐……却冲心书依写……墨笔依征……

子敬山……楼云……时……待月……束阳堂……诗如画……司马……

國文月刊社用箋

字第　　號第　　頁

望卿先生尊鑒：明揚
復示，至「五言詩的藝術」枝正豪一篇。佩絃先
生序文，早由健吾兄交下矣。佩絃先
評，甚好。今呈上出版權授與契約的二紙。氣
簽署。尊函其（一）其保證人可請佩絃先生任
之是書如量不多，排枝甚易。出版之期，當不
至甚遲。國文月刊頗嫌續刊
尊著，以饷讀者。尚祈
不吝賜之。餘不多陳，敬頌
撰安。

弟葉紹鈞拜上 七月廿七日

图上印鑒如常钤 ... 備檢时核钤之用

关于《陶渊明批评》的出
版，叶圣陶具函萧望卿

开明书店初版《陶渊明批评》
一书的封面

序　言

袁行霈

　　"大家小书"，是一个很俏皮的名称。此所谓"大家"，包括两方面的含义：一、书的作者是大家；二、书是写给大家看的，是大家的读物。所谓"小书"者，只是就其篇幅而言，篇幅显得小一些罢了。若论学术性则不但不轻，有些倒是相当重。其实，篇幅大小也是相对的，一部书十万字，在今天的印刷条件下，似乎算小书，若在老子、孔子的时代，又何尝就小呢？

　　编辑这套丛书，有一个用意就是节省读者的时间，让读者在较短的时间内获得较多的知识。在信息爆炸的时代，人们要学的东西太多了。补习，遂成为经常的需要。如果不善于补习，东抓一把，西抓一把，今天补这，明天补那，效果未必很好。如果把读书当成吃补药，还会失去读书时应有的那份从容和快乐。这套丛书每本的篇幅都小，读者即使细细地阅读慢慢地体味，也花不了多少时间，可以充分享受读书的乐趣。如果把它们当成补药来吃也行，剂量小，吃起来方便，消化起来也容易。

我们还有一个用意，就是想做一点文化积累的工作。把那些经过时间考验的、读者认同的著作，搜集到一起印刷出版，使之不至于泯没。有些书曾经畅销一时，但现在已经不容易得到；有些书当时或许没有引起很多人注意，但时间证明它们价值不菲。这两类书都需要挖掘出来，让它们重现光芒。科技类的图书偏重实用，一过时就不会有太多读者了，除了研究科技史的人还要用到之外。人文科学则不然，有许多书是常读常新的。然而，这套丛书也不都是旧书的重版，我们也想请一些著名的学者新写一些学术性和普及性兼备的小书，以满足读者日益增长的需求。

"大家小书"的开本不大，读者可以揣进衣兜里，随时随地掏出来读上几页。在路边等人的时候、在排队买戏票的时候，在车上、在公园里，都可以读。这样的读者多了，会为社会增添一些文化的色彩和学习的气氛，岂不是一件好事吗？

"大家小书"出版在即，出版社同志命我撰序说明原委。既然这套丛书标示书之小，序言当然也应以短小为宜。该说的都说了，就此搁笔吧。

前　言

杜志勇

不少看似久远的作品至今读来依然让人眼睛一亮，甚至惊异。其中有的曾经一度饱受赞誉，然而因为地域、政治等非学术原因，今天知道的人不多了。"大家小书"希望挖掘这些价值不菲的遗珍，我不假思索地要推荐萧望卿先生的《陶渊明批评》。

《陶渊明批评》最早于1945年9月至1946年1月分三次连载于《国文月刊》，后由沈从文先生推荐给李健吾，继而介绍给叶圣陶，纳入"开明文史丛刊"，由开明书店在1947年7月出版。好评不少，因此1949年即获再版。此后尽管台湾又重印过六次，而大陆一直没能重版。加之萧先生的主要学术活动集中在1949年以前，以至于萧望卿这个名字诚如陶渊明唐前的影像，对于普通读者实在太朦胧了；他的著作的真晖也不幸隐没多年。

萧望卿（1917—2006）又名肖望卿，字成资。湖南宁远人。1940年考入西南联大师范学院英语系，旋即转入中文系，结识沈从文先生，在沈先生的关怀和指导下开始文学创作。1945 年入清华大学文科研究所中国文学部，师从朱自清、闻一多两位先生继续深造，因此结识了林庚、季羡林、王瑶等先进学长。萧望卿 1946 年先行返京，闻一多师相嘱到清华会合，一起讨论唐诗。不料闻先生在当年 7 月 15 日遭到暗杀，其导师只剩朱自清先生一人了。1947 年 6 月，萧望卿参加毕业初试，论文题目为《李白的生活思想与艺术》，考试委员有陈寅恪、浦江清、俞平伯、余冠英、雷海宗、张岱年、游国恩诸先生。研究生毕业后，曾任教于河南商专、广西桂林艺术师范学院、东北师范大学、河北师范学院等学校。

北京大学杜晓勤教授认为萧望卿是"为数不多的对李白思想做全面、深入分析的学者之一"。但他最成系统、最为人熟知的作品当属《陶渊明批评》（以下简称《批评》）。《批评》一书的最早发表时间，恰好是萧望卿研究生入学的时间，应该是在其读本科时完成了该书写作。

关于这本书的导读，朱自清序《日常生活的诗》，已经成为经典文章，读者自可展开欣赏。本文只拟在综合前辈学者相关评论的基础上，谈一谈本书的学术史意义。

第一，作者扬弃了传统考据的立场，而是在对陶渊明抱以"了解之同情"的基础上，采用文学批评的视角来研究陶诗。

这种视角是以前不多见的，所以朱自清先生在本书《序》开篇就为这种方式正名，"这是一个重新估定价值的时代，对于一切传统，我们要重新加以分析和综合，用这时代的语言重新表现出来。"进而又言："我们这时代认为文学批评是生活的一部门，该与文学作品等量齐观。"这种观念和罗兰·巴特的话很近似，也是朱自清、闻一多、沈从文等那班代表当时文化最前沿的有识之士的共识，他们集学者、作家于一身，并以西南联大、清华大学等地教席为阵地，培养出一批践行他们主张且一专多能的优秀支持者，萧望卿和穆旦、汪曾祺、王道乾、郑敏、吴小如等人皆身列其中。《批评》出版后，吴小如以少若之名撰文评论，发表在 1948 年 1 月的《文学杂志》上。"我相信，治文学所应走的路，单凭饾饤的考据或渺茫的创作是不够的，到终结，还该回到'欣赏'与'了解'古典作品这一条路。此书虽小，却不啻为后人开的一扇法门，点一盏明灯。"① 这实际上是指出了《批评》介于考据与创作之间的典范意义。吴小如还以《批

---

① 吴小如：《陶渊明批评》（书评），《文学杂志》第二卷第八期。

评》的语言为例，指出文学批评应该达到的境界："作者的情感，却用一种不假雕饰便成绮绣的词采铺搞绩织而成。这本小书，不独可作为专门读物，且可用来当纯文学的作品看，即此已合于'文学批评'也应该是'文学'作品的条件与标准。"充满创作激情的萧望卿，以飞扬的想象力、细密的逻辑、隽永的笔致从容道来，直把《批评》锻造成为名副其实的学术美文。

第二，有新视角，自然会看到新风景。"从艺术性方面分析渊明四言、五言诗的优劣，这是《批评》一书的最大特点。用一部书中绝大部分篇幅对渊明诗进行艺术分析，这不仅在萧望卿此书之前所未见，即其后亦极少见。这一特点，便是萧望卿在陶学史上的贡献。"① 详人所略，知难而进，这是朱自清序言所一再褒扬的。

作者如此做，具有明显的西方"新批评"的印记。他读书期间，接受瑞洽慈、白璧德等西方一线批评大家的课程是自然的，《批评》一书的引文除了艾略特、瑞洽慈，还有叶芝、瓦雷里、蒲伯、朗吉努斯、西密拉等人的观点，精细到从音调、节奏的语言内部探求文学风格

---

① 吴云《陶学一百年》，《九江师专学报》1998 年第 1 期。

的养成，这在今天读来还是让人钦佩的。

《批评》是在西方诗学参照下讨论陶渊明诗歌的一本标志性著作。关于陶渊明诗歌的评述重要的此前有两波：一波是梁启超和陈寅恪，一波是林语堂、朱光潜和鲁迅。梁启超的《陶渊明》是用传统诗学知人论世方法，结合西方政治社会学分析来立论的，赞赏陶渊明"真能把他的整个个性端出来和我们相接触"，"渊明的一生，都是为精神生活的自由而奋斗"；这引起了陈寅恪的论争，陈文《陶渊明之思想与清谈之关系》，特别强调陶渊明的士族出身和气节、天师道信仰和新自然观思想。随后林语堂在《生活的艺术》中标举陶渊明"这位中国最伟大的诗人，和中国文化上最和谐的产物"，"因为陶渊明已经达到了那种心灵发展的真正和谐的境地，所以我们看不见一丝一毫的内心冲突，所以他的生活会像他的诗那么自然，那么不费力"。接着朱光潜《诗论》有陶渊明专章，融合西方心理学知识，同时引用温克尔曼的观点，提出陶诗"如秋潭月影，澈底澄莹，具有古典艺术的和谐静穆"，他后来又在《说"曲终人不见，江上数峰青"》接着发挥："艺术的最高境界都不在热烈。……屈原、阮籍、李白、杜甫都不免有些像金刚怒目，愤愤不平的样子。陶潜浑身是'静穆'，所以他伟大。"这引起鲁迅的针锋相对，他说陶潜"正因为并非浑身静穆，所以他伟大"，并指出："陶诗中除论客所佩服的'悠然见南山'之外，也还有'精卫衔微木，将以填沧海；刑天舞干戚，猛志固常在'的金刚怒目式，在证明着他并非整天整夜的飘飘然。"萧望卿的《批评》汲取了这两次大论争的营养，有兴趣的读者可以参看并比较。

作者在新的批评参照系上，表达一个新的态度，也使用了新的概念，并对后来文学史写作产生了重要影响。据笔者查阅各类文献，"玄言诗"这一概念在出版物中首次提出和使用，当归于萧望卿名下。《批评》中多次使用"玄言诗"一词，"陶渊明的四言诗也是从《诗经》导引出来……而玄言诗的影响就只在说理一方面。"不仅使用了这个名词，更是指出了玄言诗的特点：说理。于是，玄言诗这类作品有了自己的专属称谓，成为诗学史的重要范畴，为后来的文学史所沿用。一般说来，这个概念的提出被追溯到朱自清的《经典常谈》和《诗言志辨》，但两书的初版分别在1946和1947年。至于玄言诗这个概念的最早提出，也许是萧望卿直接接受了朱自清的影响，也许是师生学问相长的一个范例。

作者关于陶渊明、李白、《陌上桑》等系列研究，"当时评论界就认为：袁可嘉、萧望卿的论文已经成为

'替换老辈'的优秀成果。"① 而此时萧望卿年仅三十岁。

值得敬重的还有：作者不仅在古代文学批评研究方面卓有建树，还同时涉足于文学创作、诗歌理论、现当代文学研究等诸多领域。在沈从文先生的鼓励和指导下，相继发表了《李其芳》（1942）、《七月》（1942）、《乌鸦》（1946）、《山城的小湖》（1946）、《桂花林里》（1948）等作品，他在平津文坛崭露头角，成为"'新写作'的新生力量"。② 其散文创作尤其突出，被评价为"能于绵密深厚，委曲周至中得疏宕空阔之趣者"（吴小如语）。作者不仅创作新诗，还是新诗理论的积极思考者，他把关注视野投向现实题材，发表了《诗与现实》、《新诗的动向》等文章，被看作是"活跃于平津文坛的评论家"③。这个平津作家群对接当时西方思潮，希冀一个中国的文艺复兴。作为其中的一员干将，萧望卿积极放眼国外优秀作品，凭借扎实的英文功底，翻译了英国 J.

---

① 傅秋爽主编：《北京文学史》，人民出版社 2010 年版，第 332 页。

② 段美乔：《论 1946—1948 年平津文坛"新写作"的形成》，《文学评论》2001 年第 5 期。

③ 张松建：《现代诗的再出发：中国四十年代现代主义诗潮新探》，北京大学出版社 2009 年版，第 73 页。

罗斯金的《山雾》、W. H. 赫德逊《她自己的村落》等作品，为当时的新文学创作带来一股新鲜的给养。

1949 年之后，萧先生颠沛流离，精力被严重分散，无法进行正常的创作和研究。1988 年退休后，他准备重拾河山，把浪费的时间追回来，不幸又罹患白内障，几近失明，直至 1995 年手术之后才见好转，他能接着做的也主要是接引后进。萧先生总是慨叹这辈子没有什么成绩，有愧于朱自清、闻一多两位导师，也对不住沈从文先生的期望。先生如此自责，充满了对流逝光阴的无限惋惜，但其已经取得的学术成就是不会被遗忘的。

2013 年 12 月
于河北师范大学文学院

目　录

日常生活的诗

（朱自清序）

中国诗人里影响最大的似乎是陶渊明、杜甫、苏轼三家。他们的诗集，版本最多，注家也不少。这中间陶渊明最早，诗最少，可是各家议论最纷纭。考证方面且不提，只说批评一面，历代的意见也够歧异够有趣的。本书《历史的影像》一章颇能扼要的指出这个演变。在这纷纷的议论之下，要自出心裁独创一见是很难的。但这是一个重新估定价值的时代，对于一切传统，我们要重新加以分析和综合，用这时代的语言表现出来。本书批评陶诗，用的正是现代的语言，一鳞一爪，虽然不是全豹，表现着陶诗给予现代的我们的影像。这就与从前人不同了。

文学批评，从前人认为小道。这中间又有分别。就说诗罢，论到诗人身世情志，在小道中还算大方；论到作风以及篇章字句，那就真是"玩物丧志"了。这种看法原也有它正大的理由。但诗人的情和志主要的还是表现在篇章字句中，一概抹煞，那情和志便成了空中楼阁，难以捉摸了。我们这时代，认为文学批评是生活的一部门，该与文学作品等量齐观。而"条条路通罗马"，从作家的身世情志也好，从作品以至篇章字句也好，只要能以表现作品的价值，都是文学批评之一道。兼容并包，才真能成其为大。本书二三章专论陶诗的作品和艺术，不厌其详。从前人论陶诗，以为"质直""平淡"，就不从这方面钻研进去。但"质直""平淡"也有个所以然，不该含胡了事。本书详人所略，便是向这方面努力，要完全认识陶渊明，这方面的努力是不可少的。

陶渊明的创获是在五言诗，本书说，"到他手里，才是更广泛的将日常生活诗化"，又说他"用比较接近说话的语言"，是很得要领的。陶诗显然接受了玄言诗的影响。玄言诗虽然抄袭《老》、《庄》，落了套头，但用的似乎正是"比较接近说话的语言"。因为只有"比较接近说话的语言"，才能比较的尽意而入玄；骈俪的词句是不能如此直截了当的。那时固然是骈俪时代，然而未尝不重"接近说话的语言"。《世说新语》那部名著便是这种语言的纪录。这样看陶渊明用这种语言来作诗，也就不是奇迹了。他之所以超过玄言诗，却在他摆脱那些

《老》、《庄》的套头，而将自己日常生活化入诗里。钟嵘评他为"隐逸诗人之宗"，断章取义，这句话是足以表明渊明的人和诗的。至于他的四言诗，实在无甚出色之处。历来评论者推崇他的五言诗，因而也推崇他的四言诗，那是有所蔽的偏见。本书论四言诗一章，大胆的打破了这种偏见，分别详尽的评价各篇的诗，结论虽然也有与前人相合的，但全章所取的却是一个新态度。这一章是值得大书特书的。

陶渊明历史的影像

一

万族皆有托。

孤云独无依。

暧暧空中灭，

何时见余晖？

　　这孤云是陶潜（三六五—四二七）光明峻洁人格的象征。他这样预言，好像早就看出了他自己将来的际遇。他确乎像是无依的孤云，随着时代的流动明灭变幻（他的生距离今天是一五七九年），渐渐才露出真的光辉。他映照在人间的影像，在宋以前是比较朦胧的，而且有很长的时期寻不到一点痕迹。要描绘他"历史的影像"是不容易的，在这方面似乎没有谁尝试过。实在，只求勾出不太朦胧的轮廓，也已经是够困难的了。

人类的眼光把不住事物的真象，他们如何被时代和自己无形的云翳所蒙蔽，几乎是难以想象的，他们的脑子难相信的窄狭，多么不容易，也不愿接受跟自己不同的，尤其是新的东西。陶渊明将诗的疆域扩展到田园，不唯带来了新鲜的景象，新鲜的声音，而且创造了一种新诗体。凡洛黎（Paul Valery，今译作瓦雷里。——编者注）论他的诗说："他穿的衣裳是向最高贵的裁缝定做，而他的价值是你一眼看不出来的，他只吃水果，这水果可是他花了很大的工夫在自己的园地培植的。"这是陶渊明诗的精神，也就正因为这样，他的真晖不幸隐没了几百年。

晋朝的诗大都穿着玄理的衣裳，粉饰太重的词采，真的情思因而掩没。在这样的氛围里，渊明的诗发生怎样的反应呢？从他自己的作品看不出一点影子，别的文字也极少触着这个问题。颜延之（三八四—四五六）是渊明交情不算浅的朋友，他那篇《陶徵士诔》，关于渊明的文章，只点染四个字："文取指达。"大约是引用"辞达而已矣"，说他"文体省净"、"不枝梧"，也许隐含"质直"的微意。颜延之的诗，诚如鲍明远所说，"铺锦列绣，雕绘满眼"，自己写那派的诗，往往也就爱那派的诗，颜延之怕不甚容易赏识陶渊明。通常替人做哀诔，都将他的德行事业加以表扬，颜延之也说，"实以诔华"；可是，既然那样极力赞叹渊明的德行，若当时推重他的文章，即使颜延之不能委曲自己的趣好，那对于他这方面，也不会如此忽略。颜延之这种看法，或许可代表当时一般的风气，怕不仅是他个人的意见。

他同时的人怎样看渊明的呢？诔文只在追述他死时泛泛地说："近识悲悼，远士伤情。"几近于套语，我不敢就此作太远的揣测。他的传记给我们一些启示：江州刺史王宏（一作王弘。——编者注）想认识他，没有办法，不得不求他的老朋友周旋；刺史檀道济亲自去看他，称他为"贤者"，还送了一些不幸不能讨好的粱肉；惠远是当时很少烟火气的高人，竟破戒设酒，招引他入"莲社"。他为什么被当时推重呢？主要的，我想，不是门阀，不是文章，而由于他高远清雅的风趣。当时认真做官会惹人笑话，要是萧散旷达，方够风雅，陶渊明就是以高雅的隐士被一些人尊敬。在那种风气里，诗自然只好退居风雅的背后，甚或只是装点风雅；何况当时文坛被玄虚轻绮的微雾笼罩，渊明那样真正的新诗体，自然更不容易得到一般人的珍重了。

从颜延之《陶徵士诔》到沈约（四四一——五一三）、萧统（五〇一——五三一），其间关于渊明的史料我们惊失于一片虚白。沈约《宋书·隐逸传》没有一个字论到渊明的文章，沈约是当时文学界的权威，他这不重视渊明文章的态度至少可代表一部分人，甚或一时的风气。这件事实就向我们说明：陶渊明的诗直到沈约修《宋书》的时候，还没有什么地位。说也奇怪，沈约偏标出他的忠贞："自以曾祖晋世宰辅，耻复曲身异代，自高祖王业渐隆，不复出仕。所著文章皆题其月日：义熙以前，则书晋氏年号；自永初以来，唯云甲子而已。"不过，这种论调在唐以前似乎还没有人附和。

从晋到唐，陶渊明在一般人眼里是个高雅旷达的隐逸人物。① 爱读书，特别是"异书"，一张素琴伴着南山秋菊，加深了他的"高趣"。就是诗，在晋朝人看来，主要的怕也不过点缀高趣而已。——他的诗他那个时代是不认识的，也许不承认他是诗，至少不是他们眼里所谓"诗"。这是一个非常近情理可能的推想，从《陶徵士诔》和渊明的传记也就可以看出一点影子。

陶渊明死后一百年左右，人类沉于微寐的眼睛是看不见他的。昭明太子（他的生距离渊明去世七十四年）素来爱渊明的文章，不能释手，他替《陶集》作序，才带来一个新的消息，这是陶诗的黎明。他说："渊明文章

---

① 颜延之《陶徵士诔》说他是"南岳之幽居者"，后来《诗品》说他是"隐逸诗人之宗"。《宋书》、《晋书》、《南史》邀渊明入《隐逸传》，《莲社高贤传》也收进这位不曾列籍的社友。

不群，辞采精拔，跌宕昭彰，独超众类，抑扬爽朗，莫
之与京，横素波而傍流，干青云而直上，语时事则指而
可想，论怀抱则旷而且真，加以贞志不休，安道守节，
不以躬耕为耻，不以无财为病，自非大贤为笃志，与道
污隆，孰能如此乎？"闪耀的识力确是发现了渊明，也揭
露了他性情的奥秘，唐朝人最不了解的："有疑渊明诗篇
篇有酒，吾观其意不在酒，寄酒为迹者也。"

梁简文帝（五〇三—五五一）和他哥哥一样，是爱
好渊明的，他自己狂热地写着淫丽的艳曲，奇怪的是却
不曾败坏清淡的口味（也许太腻了，正需要一点菠菜豆
腐汤）。他常常将《陶集》放在几案上，随时讽味。① 帝
王和皇族所爱好的，不难想象，一定有不少的人争着迎
上这种口味，很快地就扩张为风气。到这个时候，陶渊
明像一颗曙星开始在天空闪烁了。

在这里我要补叙一件重要的事实，江淹（四四〇—
五〇五）是从小就以一枝彩笔取得重名的诗人，他模拟
陶诗，也就解释渊明在文人眼里升高了。他拟作"种苗
在东皋"混入《陶集》，幸运得很，竟瞒过了东坡先生的

---

① 颜之推《家训》："刘孝绰当时既有盛名，无所与
让，唯服谢朓，常以谢集置几案间，动静辄讽味。简文爱
陶渊明文，亦复如此。"

眼睛。

钟嵘（？—五五二）对于渊明的批评奠定了一种有力的观点，也引起后来不少争论。"陶潜诗文体省净，殆无长语，笃意真古，辞兴婉惬，每观其文，想其人德。世叹其质直，至如'欢言酌春酒'，'日暮天无云'，风华清靡，岂直为'田家语'耶？古今隐逸诗人之宗也！"我们不该过分枉屈了这位先生，虽然他带着那个时代浓重的偏见，这段评论却是泄漏了渊明诗的灵魂。

他所谓"田家语"是和口语比较接近的，跟矫饰雕镂的语言相对，用这种语言表现"真古"的意境，就形成"省净，殆无长语"的风格，恰好解释了颜延之为什么说他"文取指达"。这给我们三个极有意义的启示：

昭明太子以前，似乎是将渊明的诗看作正宗外的一种诗体，无足轻重的诗体。实在，渊明和这个时代的诗风悬隔太深了，他的价值不能被认识是一点也不奇怪的。我们看作者立即吐出了他的口供，也说明了他那个时代："至如'欢言酌春酒'，'日暮天无云'，风华清靡，岂直为'田家语'耶？古今隐逸诗人之宗也！"那样禁不住击节叹赏，只是因为这两首诗"风华清靡"，"风华清靡"是那个时代诗的极则，也是欣赏批评的标准。陶渊明的诗在当时为什么埋没，他的解释是"世叹其质直"。

钟嵘从渊明诗里隐约看出一个消息："每读其文，想其人德。"我们仿佛从他的诗里，看出那么一个潇潇洒洒的人物坐在一片石上，金黄的菊花映照他漉过酒的葛巾，和斑白的鬓发；锄头梢上肩膊，从多露的荒径，带回一片明月；独自坐在窗子面前，一杯美酒，想象望白云飞升。

颜延之说渊明是"南岳之幽居者"，后来沈约送他进《隐逸传》。而将他隐逸的身份与诗结合在一起，称为"隐逸诗人"的，那是钟嵘。这个观念也就凝结为陶渊明一面重要的形象。

北齐阳休之从文词批评渊明："渊明之文，辞采虽未优，而往往有奇绝异语，放逸之致，而栖托仍高。""辞采未优"也就是钟嵘的"质直"，这种论调的源头应上溯到颜延之，以后直至宋朝，陈师道还在检点这宗旧案。昭明太子说过："渊明文章不群，辞采精拔，跌宕昭彰，独超众类头，抑扬爽朗，莫之与京，横素波而旁流，干青云而直上。"阳休之像是有意给这段难捉摸的文字做简明的诠释："往往有奇绝异语，放逸之致，而栖托仍高。"后来宋朝人就接着他作疏。

二

我们随着虚白的纪录飞越到唐朝。梁时江淹虽然拟过陶诗，影响还未展开，到唐朝就形成了"田园诗"一大宗派，直到现在，还不断有它的嗣音。沈德潜说得很好："陶诗胸次浩然，而其中一段渊深朴茂不可到处，唐人祖述者：王右丞有其清腴，孟山人有其闲远，储太祝有其质朴，韦左司有其冲淡，柳仪曹有其峻洁，皆学焉而得其性之所近。"（《说诗晬语》）中唐以后，白香山学渊明，薛能、郑谷也学渊明。郑谷的确非常有风致："暖日满阶看古集，只因陶集是吾师。"少陵有好些诗和渊明神态很逼近，李白也有不少的句子可以看得出是规摹渊明的。陶渊明到这个时侯，渐渐升到天的中央了。

可是，唐朝人实在太不认识渊明了。蔡约之说："渊明诗，唐人绝无知其奥者"，这句话并不曾过火。颜延之说渊明"性乐酒德"，梁时有人怀疑他的诗"篇篇有酒"，这派论调到唐朝顿然增长了势焰。王维、韦应物、白居易都认为渊明懂得酒。"复值接舆醉，狂歌五柳前"，王维似乎是把五柳先生这个观念跟狂歌的隐士和醉酒结合在一起；白居易说他"还以养真"。仿佛在他们看来，陶渊明是个真懂得酒味的隐士。

唐朝人怎样批评他的诗呢？杜少陵说："陶谢不枝梧，风雅共推激，紫燕自超诣，翠骏谁剪剔？"（《夜听许十一诵诗爱而有作》）大约是说渊明的诗平淡，风骨高，用不到修琢。又在《遣兴》里论道："陶潜避俗翁，未必能达道。观其著诗集，颇亦恨枯槁。"他所谓"枯槁"，大约包含两方面的意义：一是说他生活狭隘，一是说他的诗"质"、"癯"。假如他不含戏谑，或故作逆论，就未免太误解渊明了。可是，误解渊明，岂只少陵呢？韩昌黎说："读阮籍、陶潜诗，乃知彼虽偃塞不欲与世接，然犹未能平其心，或为事物是非相感发，于是有托而逃焉者也。"（《送王秀才序》）这是他对于渊明的幻觉，远远的蒙着一层雾。仿佛心太粗糙，不能与渊明的精神接触。

唐朝人实在是太歪曲了渊明，岂只不认识而已。沈约提出渊明诗入宋只记甲子，以前都题晋年号，到了唐朝，五臣将它搬进文选注，才引动人好奇的眼睛，渊明"忠愤"这方面的人格就渐渐扩大了。颜真卿感慨淋漓，一把拉住渊明做知己："张良思报韩，龚胜耻事新。狙击苦不就，舍生悲缙绅。呜呼陶渊明，奕叶为晋臣。自以公相后，每怀宗国屯。题诗庚子岁，自谓羲皇人。手持《山海经》，头戴漉酒巾。兴与孤云远，辨随还鸟泯。"①到宋朝，还亏得朱熹为他壮声势："读之者足以识二公之心，而著君臣之义。"从此时起，"忠愤"也就是凝为渊明一面的形象。

_____

① 见《困学纪闻》。

　　昭明太子唤起一派淡青的曙光，陶渊明的影像就渐渐露出来，而四面飘着些微云，他这是在那里闪烁，摇曳，浮动，变幻。此后有很长的时期，他的光辉相当黯淡，人们望着他，好像隔着一层雾似的。到了宋朝，微云散了，天空澄碧，他的形象便渐渐明朗确定。

　　我们由渊明常常聊想起东坡，他爱渊明的诗，欣慕他的为人，叹服他的"绝识"："渊明欲仕则仕，不以求之为嫌；欲隐则隐，不以去之为高；饥则扣门而求食，饱则鸡黍以迎客；古今贤之，贵其真也。"（《书李简夫诗集后》）东坡指出这个"真"字，写活了渊明。他说渊明诗："初视若散缓不收，反覆不已，乃识其奇趣。"（《书唐氏六家书后》）渊明有些诗，造语组织初看仿佛不很经意，微觉"散缓不收"，他说出了许多人隐隐约约感觉得到，却说不出的话。阳休之早看出陶诗"往往有奇绝异语，放逸之致"，而从"散缓"见出"奇趣"是东坡新的发现。

　　推崇渊明岂只是东坡，欧阳修说："晋无文章，唯陶渊明《归去来辞》而已。"王荆公在金陵时，做诗最喜欢用渊明诗的事，甚或有四韵全用他的。以永叔和荆公在当时文坛和政治上的地位，这样推崇渊明，我们可以想象会发生怎样大的影响。

　　黄庭坚对于渊明更是极其推尊，他自己曾经向渊明挹取诗泉，这是非常奇异的事情。他说，"渊明诗不烦绳墨而自合"，只是寄意，不曾顾到"俗人赞毁其工拙"。又说："渊明不为诗，写其胸中之妙耳。"（《书意可诗后》）这就愈是透入玄秘了。诗意突然来袭，逼着诗人做梦似的本能地写下来，在这种梦游状态能成功的诗确乎是有的；可是有时却冥搜沉吟，灵感招唤不来。写诗的怕谁都有这两种不同的经验，不过时代不同，个人习惯才性不同，程度有等差而已。山谷的话用来解释渊明一部分的诗是非常恰当的。

渊明常将诗伴着酒，有时随意题几句自娱。一面作为朋友谈笑的资料。① 诗在他只是生活的一部分。"意不在酒，寄酒为迹"，是对的；说他"意不在诗，寄诗为

---

① 陶渊明创作的态度：

（一）"春秋多佳日，登高赋新诗。"（《移居》）

（二）"临清流而赋诗。"（《归去来辞》）

（三）"常著文章自娱，颇示己志，忘怀得失，以此自终。"（《五柳先生传》）

"衔觞赋诗，以乐其志，无怀氏之民欤？葛天氏之民欤？"（同上）

（四）"余闲居寡欢，兼比夜已长。偶有名酒，无夕不饮，顾影独尽，忽焉复醉；既醉之后，辄题数句自娱，纸墨遂多，语无伦次。聊命故人书之，以为欢笑尔。"（《饮酒·序》）

迹"，也一样正确。假如他转入玄默后对于人间还有所希冀，那是已经落入虚空的事业，怕他不是想把一卷诗集长留给世界。

过去批评陶渊明的朱晦庵是个重要的人，他说："渊明诗平淡，出于自然。"不妨用他自己的话来解释："渊明诗所以为高，正在不待安排，胸中自然流出。"渊明诗所以能够平淡，不仅在文字，还得从他的人格去探索源头，沈归愚恰正说着了："陶公胸次浩然，其诗天真绝俗，当于语言意象外求之。"朱晦庵说渊明"欲有为而不能"，更深地掘发了他的人格。他也看出了这强壮的洪流如何表现在诗里："韦苏州诗直是自在……陶却是有力，但诗健而意闲。"他的《语录》说得很好："渊明诗人皆说平淡，某看他自豪放，但豪放得来不觉耳。其露本相者是《咏荆轲》一章，平淡的人如何说得出这种言语来？"

首先提出渊明思想问题的也是他。他以为"靖节见趣，多是老子"，又说他"旨出于老庄"。这话一出，可把真西山骇得大声疾呼："以余观之，渊明之学正自经术中来。"一把想塞住入口，立时挑出陶诗紧紧和孔老夫子、颜回拉在一起，捧出伯夷、叔齐作为渊明理想的象征。这殷勤的苦衷当然是可爱的啰，不幸是他和朱晦庵都不曾错，也不全对，各说出了一点儿。真西山苦心抗拒，远不如陆九渊的勇决，他是冲上前去，一把拉紧，"渊明有志于吾道"。这些现象反映出来的意义是什么呢？这个时候的陶渊明在人心里已灿烂显赫地升到天空的中央了。①

从前的人很少做有系统成篇的论文，多只留下片段的思想，从那里面不容易见出条贯来。有时他们也不曾将自己的意见完全说出，就这样的材料推绎，很难避免没有歪曲和误解。我们小心地将上面那些细碎的花叶编缀起来，约略也就可以见出个轮廓：宋朝人认识渊明的人格远比以前清楚，对于写诗的技巧也比从前了解深得多，已经看出他不同的风格（平淡、奇特、秾丽、豪放）和多方面的发展（感愤、讥讽、闲远、恬澹），关于他的思想，此时还未周密地深刻考察，但大致已经看出他一部分的源头：一是道家，一是儒家。

关于陶渊明的研究到宋朝已有个纲领，明清两代没

---

① 摘录几条当时诗人的批评，可以见出个梗概：

僧思悦说："先生（渊明）之诗，风致孤迈，蹈厉淳深，又非晋宋间作者所能造也。"

东坡说："渊明作诗不多，然质而实绮，癯而实腴，自曹刘、鲍谢、李杜诸人皆莫及也。"

黄山谷说："谢康乐、庾义城之诗，锤凿之功，不遗余力，然未能窥彭泽数仞之墙。"

真西山说："渊明之作宜自为一编，以附于《三百篇》《楚辞》之后，为诗之基本准则。"

有什么新的发展（元朝关于这方面的材料，此时一点也找不着），我在这儿不必——描写他们，只举出几个比较重要的也就够了。

顾炎武在《日知录》里说过："栗里之徵士淡然若忘于世，而感愤之怀有时不能自已，而微见其情者，真也。"还是旧案，不过他探进比较深的意识。黄文焕的意见是值得特别提出来的："古今尊陶，统归'平淡'，以'平淡'概陶，陶不得见也；析之以炼字炼章，字字奇奥，分合隐现，险峭多端，斯陶之手眼出矣。"（《陶诗析义自序》）就文字细细分析，比从前的人深刻多了。"钟嵘品陶，徒曰隐逸之宗，以'隐逸'概陶，陶又不得见也；析之以忧时念乱，思扶晋衰，思抗晋禅，经济热肠，语藏本末，涌若海立，屹若剑飞，斯陶之心胆出矣。"（同上）他说渊明忧时念乱，情感热烈，这是对的，我倒以为"思扶晋衰，思抗晋禅"，更掘发了他的隐衷，这似乎有点煞风景，可是，美的想象无法否认这一方面也正是陶渊明。

清朝我只想提一提沈德潜，他说渊明是"六朝第一流人物，其诗所以独步千古"。用人格解释他的诗是以前的人很少注意的。白朗宁（Robort Browning）在《雪莱与诗的艺术》里说："我们接近诗，必须接近诗人的人格。"尤其陶渊明，诗和他的人格契合无间，或者说诗是他人格映照出来的一片幽辉，他的文字并非特别新奇，也许是比较简单的，组织也没有多的特别，也许更自然，而一放进诗里，便有一段"渊深朴茂"的情趣，除了他光明峻洁的人格，我们还能寻出更好的解释么？

我已经描下陶渊明反映在人间形象轮廓，不过那只是他的影子，不甚真确，也不完全的影子。要了解他情思与艺术的发展，只有向他自己的作品里去探寻。下面是我对于他的心灵很不完全的鸟瞰。

他三十岁以前的作品都不会传下来，我们构拟少年的渊明，只能从他后来的回忆：

少学琴书，偶爱闲静，开卷有得，便欣然忘食。见树木交荫，时鸟变声，亦复欢然有喜。常言五六月中，北窗下卧，遇凉风暂至，自谓是羲皇上人。（《与子俨等疏》）

我们几乎误认这就是壮年以后的陶渊明，小时候的感觉经验常常支配人终生行为发展的方向，他后来"任真自得"的胸次，我们忽然在这儿发现一脉暗泉。

少年适俗韵，性本爱丘山。

　　误落尘网中，一去三十年。

　　……

　　久在樊笼里，复得返自然。（《归园田居》）

　　陶渊明常说"自然"（这个观念形成他一生思想主要
的骨干）。"自然"是庄子的思想，嵇康再三赞美自然，
这影响是很明白的。奇怪的是这个思想从他外祖父孟嘉
可以找到根源。① 孟老先生是个萧散放达的人物；渊明大
部分的性情就像是从他摹写下来的。

　　渊明说他"性本爱丘山"，爱自然是当时新发生的思
想，他在人心灵里如何会起来的呢？道家思想、佛学，
和道教神秘的观念（尤其关于神仙的），对于魏晋疲于战
乱的人是可喜的解脱，他们苍白的心灵随着幽思玄想从
地面学习飞升，这梦游的精神因为一种特殊机缘，和江
南明丽的山水遇合，他的灵魂就向那里面浸进去，幻为
空灵明澈的异境。自然是人类共同的家乡，他一向对人

---

　　① 陶渊明《晋故征西大将军长史孟府君传》："府君
自总发至于知命，行不苟合，言无夸矜，未尝有喜愠之容。
好饮酒，逾多不乱，至于任怀得意，融然远寄，傍若无人。
温尝问君：'酒何好？而聊嗜之？'君笑而答之曰：'明公但
不得酒中趣耳。'又问："听妓，丝不如竹，竹不如肉？"答
曰："渐近自然。"

露出亲密的颜色，好像永不会改变。魏晋时候的人窒息
于政治霉烂的黑暗，厌倦了乱离和颠连，敏感的文人就
悄悄溜进自然的门，挹取一滴幽凉来抚慰自己的忧伤，
他们的情感也就转注入这幻想的世界，而从他渊静安谧
的美的景象，得到一种内心神秘的喜悦。

他们的眼睛随着转向田园，实在，乡村里的人带着
健康的泥土的气息，还不会太失去天真，说他们醇厚吧，
不错，他们彼此有真挚的温情交融，这种空气发出一种
催眠似的力量，使骚乱的灵魂静定。

渊明故乡的云山，对于他的诗和生活都发生了很大
的影响，他的老家上京，据《桑乔庐山纪事》，"上京山
当太湖滨，一峰独秀，彭泽东西数百里，云山烟霭，浩
渺萦带，皆列几席间，奇绝不可名状"。这一片烟波萦绕
在他童年的记忆里，恍如一种清澈的呼唤，摇撼他内心
的明波。他在外面时常沉吟反覆："日倦川途异，心念山
泽居"；"聊且凭化迁，终返班生庐"。后来他解官回到家
里，才喘出一口长气："久在樊笼里，复得返自然。"

> 弱龄寄事外，委怀在琴书。
> ……
> 时来苟冥会，缓辔憩通衢。
> ……

> 真想初在襟，谁谓形迹拘？（《始作镇军参军经
> 曲阿》）

超然事外，不拘形迹，使我们联想起他的父亲，"淡焉虚
止，寄迹风云，冥兹愠喜"。渊明的性格有些地方跟他父
亲实在太酷肖了。

> 少年罕人事，游好在六经。
> 行行向不惑，淹留遂无成。（《饮酒》）

他年轻时候读些什么书是值得注意的，他对于"六经"
的态度是"游好"，不像一般经生句订恪守。

> 忆我少壮时，无乐自欣豫。
> 猛志逸四海，骞翮思远翥。
> 荏苒岁月颓，此心稍已去。（《杂诗》）

你能想象陶渊明这迥然不同的一面：意气飞扬，怀抱
壮志？

> 少时壮且厉，抚剑独行游。
> 谁言行游近？张掖至幽州。

饥食首阳薇，渴饮易水流。（《拟古》）

这个小英雄就是后来"忘怀得失"的五柳先生！我们真难想到他从小即具有一身"侠"骨，而这点奇异的东西直支配他一生（《拟古》"辞家夙严驾"），就说明他老年还充沛这种精神）。可是，这股洪流后来遇着荒寒的山峡，就蜿蜿蜒蜒走入开满薇花的西山，成为始终不安定的潜流。从这潜流倾注出壮健的生命力和太热烈的情感，就度给他的诗不浅的光焰。

文化像一杯溶液，所有的分子交融而变为一种化合物，呈现出新的性质。严格说，他是不能剔分的，每个分子都失去自己一部分原有的性质，都从外面接受了新的生命。人就在这样的溶液里面游泳，谁能说身上丝毫不沾染他？哪怕是一点半滴，也就包含整个的文化，不能说纯粹是哪一家、哪一派的思想。接受后，经过一番镕铸，并产生一种新的性质，即不同接受进去时的溶液，更不是原来哪一家、哪一派了，什么都不是，他只是一种特殊的、新的东西。拼命争持陶渊明是儒家，是道家，"可怜无补费精神"！

生命是件奇异的东西，包含着难以相容的矛盾和无穷的变异，不断地否定，绝望，再生。要想详尽解释陶渊明的思想，是吃力不讨好的事情，我们却不妨大约这样说：他是接受了儒家持己严正和忧勤自任的精神，追慕老庄清静自然的境界（却并不走入颓唐玄虚），也染了点佛家的空观、慈爱与同情，① 奇怪的是他也兼容游侠的精神。他的思想和一生的路径小时候就大致已经奠定，虽然他以后似乎是不断地在那里变。

陶渊明的精神永远是积极的，他在当前景况与意志欲望的冲突里不断痛苦挣扎，他懂得顺任自然，而由于他宏远的怀抱，和太强壮的生命力，终于不会断念逃出这个世界。

结发念善事，僶俛六九年。

弱冠逢世阻，始室丧其偏。（《怨诗楚调示庞主簿邓治中》）

---

① 渊明作品里没有鲜明的佛的色彩，但他实在受了佛的影响：

（一）魏晋时佛学助长新人生观与浪漫思想的发展，渊明无形中也就会接受了一点那种空气。

（二）当时佛学与道教在社会流传时，有点儿混和，渊明有《游仙》诗，显然接受了一部分道教的思想，怕也就染了一点佛的观念。

（三）就算是攒眉辞"莲社"的记载可靠，但他无形中接受了那种思想，却不愿意接受形式的约束，何尝不可能？尤其是渊明那样的性格。

这时候渊明已经五十四岁，他还在勉强奋斗，可是热情孤愤终竟不能挽回快坍塌的世界呵！我们听到远处一种深沉而悲凉的声音：

> 试酌百情远，重觞忽忘天。
> 天岂去此哉，任真无所先。
> 自我抱兹独，俛俛四十年。
> 形骸久已化，心在复何言？（《连雨夜饮》）

他渐渐转入冥玄默：

> 总发抱孤介，奄出四十年。
> 形迹凭化往，灵府长独闲。（《庚申岁六月遇火》）
> 逝止判殊路，旋驾怅迟迟。
> 目送回舟远，情随万化遗。（《于王抚军座送客》）

而他并不就全然堕入虚冥，他还燃烧着不灭的希望。怃然叹息："总角闻道，白首无成"，壮厉之气又回到他衰白的灵魂，于是发出毅决的声音：

> 四十无闻，斯不足畏！
> 脂我名车，策我名马。

千里虽遥，孰敢不至？（《荣木》）

壮气虽然回来，毕竟是不能长住的，他的眼睛打开，惊失于一片幽暗，冥思就将他浮到幻想的世界。

愚生三季后，慨然念黄虞。（《赠羊长史》）
遥遥望白云，怀古一何深！（《和郭主簿》）

他想象自己是羲皇上人，精神张越入太古幻美的灵界。

渊明晚年在自然里构筑起一座仙境，从酒里寻找另一片幽渺的天地，他的幻想望着唐虞的幽光飞升，桃花源就是这样一个理想的灵境。那里面的社会形态多是从老庄抟取来，染了一点儿神仙的思想。①

渊明确乎有神仙思想（可不会辱没诗人），我这话不是没有根据的。颜延之说他"心好异书"，这"异书"

————————

① 挑引陶渊明欣往的古代社会正是老庄思想的幻境，自然也经过渊明想象的镕裁。《归去来辞》"帝乡不可期"，"帝乡"这个观念从庄子来："华封人谓尧曰，'乘彼白云，至于帝乡'。"那是古代幻美的象征，也就是《五柳先生传》所玄想"无怀氏""葛天氏"的世界。

大约多少与神怪有关系，他自己也说过："泛览《周王传》，流观《山海图》。"读《山海经》其中好些是游仙诗，《搜神后记》相传是他作的，现在有些人还相信其中一部分是他做的，这更是有力的证据了，我们的好奇心却要问他对于神仙的态度如何呢？我想，他是爱好，欣赏，却非真相信神仙。① 说他借神仙咏怀，当然也不错，但不如这样说，他是用神仙思想构成美幻的灵境，寄托他无依的心所包含的残梦与哀愁。

避乱的念头常在他灵府里低徊。《桃花源》诗："嬴氏乱天纪，贤者避其世。黄绮之商山，伊人亦云逝。"黄绮就是他想追从的朋友。② 他的精神始终是积极的，所以避世。他在给他儿子的信里委婉地解释他自己的隐衷："性刚才拙，与时多忤，自量为己，必贻俗患；僶俛辞世。"他虽然退到田园，可并不会逃出这个世界。阴影落到这老人心上时，他吐露出悲愤，豪侠的肝胆并不会化为冰雪，有时还激动他衰

① 陶渊明诗："即事如已高，何必升华嵩？""世间有松乔，于今定何间？"可略略看出他非真真相信神仙，"故老赠余酒，乃言饮得仙。"当时神仙思想怕是平常的事（也许是一种美的想象），并不像后来认为荒诞。

② 《桃花源》诗："黄绮之商山，伊人亦云逝。……愿言蹑清风，高举寻吾契。"线索分明可寻。《饮酒》也说世界是非颠倒，他自己"且当从黄绮"。

白的头发。

　　沈约在《宋书》里说渊明"自以曾祖晋世宰辅，耻复屈身异代。自高祖王业渐隆，不复出仕"，这种论调到唐朝回声就相当热闹，后来似乎已经被公认了。最近才有人做漂亮的翻案文章，说渊明是看见时势无可挽回，才隐居不出，"如果以为他在争什么姓司马的，姓刘的，未免小看了他"。（参看梁启超《陶渊明》。——编者注）说渊明看清了时势，才退隐不出，确乎不错，可是，若说他对于政柄的转移能够那样超然事外，就未免是以千多年后的民主精神衡量古代专制朝廷里贵族，真是太聪明了！中国一向的读书人生来就是政治的工具，君主是国家的重心，君臣和他戴着同一个命运，因此忠于朝廷的观念就在从前读书人心里扎了根，"穷年忧黎元，叹息肠内热"，眼光由朝廷伸展到民众，而寄与深厚的同情，这思想在文学里造成一种风气，似乎是盛唐以后的事。陶渊明一向被认为是"忘怀得失"的高人，"逸鹤任风，闻鸥忘海"，这微妙的比喻当然是不错的，而从另一面看，他却是忠于朝廷的贵族。谁也不能完全跳出他的环境和时代，这原没有什么稀奇，何况渊明他自己家里和母家几代都做晋朝的大官,① 他对于晋朝自然会发生深切的情感。如果我可以用这样的比喻,就像是为对于一个共荣共存的巢似的（《拟古》"仲春遘时雨"恰正借燕子抒写对于故国的眷恋）。刘豫劫去皇冠,他哪没有隐痛（他自己的诗就是证明）? 何况渊明是从小就猛志横逸四海,比别人特别多长了一点侠气的,"眷恋故国,疾视新朝",原是太自然,丝毫没有什么稀奇!

可是,渊明并非永远局促在那个小圈子里,当他精神与自然冥合时,灵府里不再有世界,何况那风雨穿透、颓毁了孤殿? 他回到田园,恍若飘入青冥,在想象的蓝海里追寻璀璨的远梦,随后悠然飘下光明而宁静的声音:"俯仰终宇宙,不乐复何如?"

———————

① 渊明父亲、祖父都做过太守,官不算小,有人说陶侃不是他的曾祖,那就姑且不说;再看他母亲家里,他外祖父孟嘉是晋征四大将军长史,孟嘉的曾祖父做过司空,祖父是庐陵太守。

陶渊明四言诗论

一

　　一般人喜欢陶渊明，大抵是着重他的五言诗，批评的也是笼统说，很少特别指出他的四言诗来。他的四言诗价值究竟如何呢？这样问也许会有人惊讶，因为从宋以来对于陶渊明都是一味恭维，然而在你享受他的诗后，细心分析他，大约不能不承认四言诗在渊明的作品里不甚重要的，成就远不如他的五言诗高。

　　一种文体需要长时期的酝酿、滋长，然后绽出奇葩。（幸运的作家就刚趁上花快露面的时候，后来的花时已过去，如其仍迷恋着那奇异的香泽，就只好在那棵树上养几朵伶仃瘦小的晚花了。）没有过去无量数的人不断努力，绝不会一朝就结成丰美的果实；而那种文体有最高作品出现时，那最高的作品便放散出一种气氛，笼罩着那个园地，以后就不能有更远的发展了。

所谓传统，不只是技巧的流派，而且是神情（mood）与态度（manner）的流派。作家离不开它，就如植物不能脱离土地。做四言诗的人没有不向《诗经》取得营养的，陶渊明的四言诗也是从《诗经》导引出来，乐府诗的影响是极少极少的，只在其中两三篇里的明白生动一方面见出轻微的痕迹，恐怕还是和建安以来的四言诗关系稍稍深一点，尤其是曹子建。而《停云》和《归鸟》露出一种新俊的气息，和嵇康的四言诗有近似的地方，特别是它们都创造出一种新的旋律。《楚辞》的泉流不甚显著，而玄言诗的影响就只在说理一方面。

除了《劝农》、《命子》、《归鸟》和《酬丁柴桑》，其余的都有序，就告诉我们他是学《诗经》。序中"停云，思亲友也"，"时运，游暮春也"，更显然证明了他们的血统是属于《诗经》的嫡系。渊明四言诗最显明的特征：一是多用比兴，一是多复沓，这也是《诗经》的特质，正好说明它的渊源。《停云》、《荣木》等篇用比兴，《时运》、《归鸟》、《荣木》、《停云》都取复沓的组织，而最整齐的是《归鸟》，这种技巧在他的诗里都能产生良好的效果。若略微分析，《荣木》、《命子》、《劝农》、《答庞参军》、《酬丁柴桑》、《赠长沙公》六篇接近雅的气氛较多，《停云》、《时运》、《归鸟》就和风比较接近。

风格其实就在包含观念的一种字句形式里，而它就是心灵的姿态。陶渊明四言诗句的形式多是汲取《诗经》的，每句包含一个简单的句子，变化很少，语言（词汇）典雅凝重，大都也从《诗经》来。他的五言诗却是用近乎说话的"田家语"，和乐府诗比较接近些。文字和句的形式就注定了他们的生命与不同的风格。四言诗中有好几首用了不少《诗经》现成的句子，或略略将形式和意思变动，《答庞参军》只是将《诗经》的文词变花样，抄袭现成句子之多，几乎使人疑心他是在那里集句。

"崇高（sublimity）就是优异而说不出完美的辞句（phrase），最伟大的诗人和散文家除用它取得第一流的地位，紧握住永恒的声誉，再没有别的方法。"龙矶亚士（Longinus，今译作朗吉努斯，传有《论崇高》。——编者注）这一段话，可以作为一个标准，用来衡量作家，或窥测时代文学的升降。我们看看陶渊明吧，他的四言简直不会创造新的语句、新的意象，只抄袭《诗经》现成的，或稍稍改变它的句子，这是它最严重的弱点。那里面用叠字形容词异常的多，也从《诗经》里来。这种形容词居多是以声音暗示思想或情调（意义方面的效用比较少，形的关系更不容易见出）。他在《诗经》里，怕是音乐的价值更被看重些。凡洛黎在诗里这样说过："每人的发音与成语的引用，在文字里发生了许多不可避免的迷离与不定的意义来，因而传达上便生出许多误解。"何况着重音乐性抽象的形容词？谁都引用，虽然在诗里各有不同的效力，究竟不容易表现出自己特殊的感觉与情思。

为什么他不会创造新的语句、新的意象呢？一是由于四言诗传统空气的限制，一是袭用《诗经》的句法与语言。这些都绊勒住他的思想在旧的圈子里转，难能有新的表现。

这就带给我们另一个问题，诗句的长短随着语言的发展，时间不住地流走，人类的情感与思想随着生活一天天地复杂，语言因之更流利婉转，诗句就增长了。字句的长短产生两种不同的效果：一是音韵的，一是意义的。旧诗多半是两个字构成一个音节，也就构成一个情感的单位。四言诗里每句恰好是两个音节，整整齐齐，声调易流于平板、凝重、单调；每句刚容纳两个词，形式难有变化，也不容易表现优婉、比较多的意思。诗发展到五言，才达到完美的形式，虽然只多了一个字，声调就容易委婉变化，可以接受高一点的音乐意境；（闻一多先生《论诗与音乐》说得很好："四言诗大部分是鼓的音节，五言诗就渐渐由鼓发展到丝竹，由节奏渐渐发展到旋律。"）虽然只多了一个字，句的形式就可以生出许多不同的姿态，意义包含比较多，也容易曲折婉转。

四言诗到《三百篇》，路程已经走过，虽然还有些人爱那些夕阳，终竟是黄昏了。东汉魏晋是五言诗的时期，这新的形式用来叙事抒情，或是描写物态，都比较亲切详著，这个时候做四言诗的人已经渐渐少了。①

一种内容在不同的形式里表现出来，不但量有不同，质也有很大的改变。现在有些人写新诗，意境是西洋诗的，而做旧诗或填起词来，就完全被旧诗词的气氛包围，顿然对"芳草""断肠"了。陶渊明的四言诗居多是接受四言诗里雅的气氛，国风的影响较少，他一走进这幢古老阴暗的屋子，在年青的五言诗里发扬着的创造能力仿佛就消沉了，除了《停云》、《归鸟》和《时运》，其余六首意境和文辞都是因袭《诗经》的，缺乏新鲜和力量，尤其是独创的力量。

昔我云别，仓庚载鸣；
今我过之，霰雪飘零。（《答庞参军》）

除了把"昔我往矣，杨柳依依；今我来思，雨雪霏霏"重抄一遍，我不知道是否还有别的意义。

《答庞参军》这样开始：

───────────

① 参看《诗品·序》。

衡门之下，有琴有书，

载弹载咏，爰得我娱。

岂无他好？乐是幽居！

只是把《陈风·衡门》的"衡门之下，可以栖迟，泌之洋洋，可以乐饥"略微改装拉长而已。

他有两篇《答庞参军》，一是四言，一是五言，作的年月相去不远，虽然兴会不必相同，不能就拿这两篇说明他所表现两种诗体的优劣，将它们对比一下，却是有意思的事情，约略可以看出这里面的消息。

可是他并非全然没有新创的意象呵。"竞用新好，以招余情"。五柳先生仿佛忘记了那是树，也忘记了他和树的距离，觉得他们在用新的声音召唤他自己的情感。这"同物之境"，《诗经》里固然没有，魏晋以前其他的作品里也不容易遇见。"殆胜如归，聆善若始"，比喻非常新鲜。"逸虬绕云，奔鲸骇流"，那样奇谲幽丽就直像《招魂》。特别是"翩翩归鸟，息我庭柯，敛翮闲止，好声相和"轻淡地画出了鸟活动的神态，一片清明的闲情浸润着他们素朴的灵魂。"有风自南，翼彼新苗"，我们仿佛看见绿苗在南风里，像鸟儿一样，欣欣然招动他们的翅膀。比之"微雨从东来，好风与之俱"，丝毫也不弱。好像是自然投在诗人笔下，染着崇高的灵性，熠耀想象的光辉而露出来。后面这两个例子自然微妙，走进了他五言诗的秘奥。

在四言诗里，渊明似乎不曾找到他自己特有的韵律（personal and imdividual rhythm）。韵律是内心的音乐，或者说是情感（观念）自然的波动。瑞洽慈（I. A. Rich-ards）在《生命的控制》里说："韵律不是玩弄音节，而且反映作者的人格……诗中动人的音律只是发生于真正被感动的波动中；并且对于韵律的寻理，它比起其他的东西更是一种微妙的索引。"① 诗人都要寻找、创造新的声音（new notes）和新的音调（new tunes）。"在诗里，新的音调表示新的观念。"大诗人的韵律都是有独创和个性的，更重要的分别是在音的调子（tune）。李白和杜甫的诗音韵不同，叶芝（Yeats）和梅司斐尔（John Mase-field）也各有一种精神在诗里流露。富有个性的韵律就造成特殊不同的风格。陶渊明的四言诗除了《停云》、《归鸟》和《时运》，他的音节还没有脱离《诗经》，肃穆典重，和雅接近，连国风都不像。

韵律和他所附属的文字不能分离，四言诗章节尚凝重，不很适于表现和平冲淡的意境；五言诗尚安恬，渊

① 见他的 *Science and Poetry*。

明的情思在那里才找到了最好的形式。

自然，他的四言诗也不全是摹写《三百篇》的节奏，《归鸟》、《时运》、《停云》带来了一种新异的声音，尤其是《停云》，那不再是平坦、单调、迫促的节奏，而是清细、婉转、缠绵、流利，含有魔力的旋律了。每个字都带着回环的声音，像一缕一缕的幽香喷出，就只那片音乐，已够度给人迷茫悱恻的情调了。就这方面说，他是优婉微妙，超过了渊明大部分的五言诗。

二

若将他的四言诗和五言诗比较，可以看出这两种诗体的性质和他们所表现出来艺术的高低。

他的四言诗不会造语，这个弱点，使他失去大部分的生命和力量。真也就奇怪，在五言诗里，他偏最会创造新的语句和意象，这就使他紧紧握住不朽的荣誉。要举这样的例子，随手拈来就是：

> 伊余怀人，欣德孜孜。
> 我有旨酒，与汝乐之。
> 乃陈好言，乃著新诗。
> 一日不见，如何不思？（《答庞参军》）

而五言诗：

> 春秋多佳日，登高赋新诗。
> 过门更相呼，有酒斟酌之。
> 农务各自归，闲暇辄相思。
> 相思则披衣，言笑无厌时。（《移居》）

同是写离别的情绪：

> 嘉游未歇，誓将离分。
> 送尔于路，衔觞无欣。
> 依依旧楚，邈邈西云。
> 之子之远，良话曷闻？（《答庞参军》）

而五言诗：

> 游好非久长，一遇尽殷勤。
> 信宿酬清话，益复知为亲。（《与殷晋安别》）
> 寒气冒山泽，游云倏无依。
> 洲渚四缅邈，风水互乖违。（《于王抚军座送客》）

从这些例子，谁都可以看出五言诗所表现的详切著明，充泛新鲜的活力；而四言诗像是有好些意思不曾完全达出，甚或泛泛的近于习套。

一种好的作品都有她自己的精神姿容，正如一朵一朵蔷薇各有不同的香泽，各呈露出自己优美的姿态。渊明的四言诗除了《停云》、《归鸟》创造出一种新的意境，其余的就像是阴沉古旧的屋子，没有一点新鲜的生意。从艺术的观点看，《时运》实在不高，如"洋洋平陆，乃漱乃濯。邈邈遐景，载欣载瞩"，非常拙笨，也太直率。可是，它却透露出一点新的精神：清和婉转的音节，和他个性特殊的魔力（personal charm of his character），略略接近他的五言诗。

个性特殊的魔力恰好道着了渊明的五言诗，他在五言诗里表现出显明的个性，我们仿佛看见他从荒径里缓缓走来，篱边照耀着几株菊花，南山浅蓝融入胸臆；仿佛看见他坐在东窗下，持着一盏春酒，八荒昏朦，薄寒浸进来，他的手微微战慄，隐约听到他的叹息。在他的四言诗里却不甚能发现"任真自得"，不愿留下姓氏在人间的那位"五柳先生"。穿起古装来，学着从前的姿态跳舞，多少会妨碍性情的表现，我对于渊明的四言诗也有这样的感觉。

他的四言诗不仅不会表现出他的个性，也限制他抒写某种题材。陶渊明和自然一向是交融在我们的观念里，但那是由于他的五言诗,他的四言诗很少写自然("田园"的意义太狭窄)。除了我举过的例子,四言中这类的诗也就没有什么成功的。

> 花药分列,林竹翳如。(《时运》)

意象太简单,表现不出特殊的感觉。

> 山涤余霭,宇暧微霄。(《时运》)

若有深远的含蕴,当然意象不妨朦胧一点,也不一定多刻画,而"山涤余霭"只是说山清朗无云,见不出悠深的意境,也没有生动的姿态。而他的五言诗:

> 露凝无游氛,天高肃景澈。
> 陵岑耸逸峰,遥瞻皆奇绝。(《和郭主簿》)

晶明的秋气里涌出一些山岭,飘逸神奇!诗情化为霜白的快刀,把活的秋光剪到微黄的书卷上来。"山涤余霭",我们还能感觉出一点春暖欲晴的气象,"宇暧微霄"就直是暧昧了。其实,也就是"暧暧远人村,依依墟里烟"那样的光景(如陶澍所说),那里面却像是缺少一点什么东西。

诗人不一定有意说教，他却能敲亮灵魂幽暗的门，说理的诗如其带着趣味和情感，透过诗人的经验而表现出来，也能造成智光璀璨的灵境。诗究竟是在教训人或给人快乐？是一向争讼不决的问题。其实诗不但包含教训与娱乐，同时也有感染的力量。理智（思想）和情感在文学里书可以并肩发展，并非不能相容的，它们是相依相违，却又相成。快乐和教训也不能严格处分，随着诗情的羽翼，我们飞入奇异、广大，比现实更美更真的宇宙，在满足的快乐里，便也包含启迪的作用了。但又不仅感动而已，真正伟大的诗，读过之后，必发生一种"永久的变化"，如瑞洽慈所说的，"我们易于感应的每个人，对于各种刺激之集合有如何适合（好的或坏的）之可能性之变化。"① 自然，有力量能使人发生这样深刻变化的诗确乎太少了。

现在让我们回到陶渊明的诗吧，我想借《荣木》作为个例子，来解释他四言诗和五言诗诗中说理的问题。"诗像一张有翅膀的琴"，他可以借意境与音乐的两翼带着人（不知不觉的）飞升。如其说理，它就将思想点化

---

① 见他的 *Science and Poetry*。

成感觉，变幻为境界，使读者自然而然被它的美所吸引、摄住，凝神静虑，终于忘掉了它的美，忘掉了它的用心，忘掉了自己，是一个"神圣的梦"。赫伯尔（Friedrich Hebbel，德国诗人和剧作家。——编者注）说一句微妙的话："诗人犹如牧师，喝的是神圣的血，而全世界都感着神的存在。"① 恰正可移来解释这个观念。

《荣木》，我不能不说它是一首坏诗，陶渊明的心灵是各种思想与错综复杂情感的大河流（当然也不只他如此）。忧勤自任的思想兴起时，受玄言诗和《诗经》格调、空气的支配，就扩大了，别方面的性质因而隐没。自然，诗可以只是一刹那的情思或感觉，不一定表现全部人格，我的意思是说明他这种思想是真实的，不过他的表现受了限制，不免"平典似道德论"而已。

首先用《荣木》比喻人生的短促，没有什么生动的力量，末尾像是死命在那里挣扎，却更显出空虚的软弱，中间就堆砌一串一串粗糙抽象的观念。

> 贞脆由人，祸福无门。
> 匪道曷依？匪善奚敦？（其二）
> 先师遗训，余岂之坠？

---

① Ludwig Lewison 编 *A Modern Book of Criticism*。

　　四十无闻，斯不足畏！（其四）

文字后面没有情感和趣味的波动，也不会透过感觉，用
美的形象呈露出来，它只是一串一串粗糙的观念。

　　他在四言诗中说理的尝试是异常失败的。里面摇曳
着玄言诗的阴影。这不是它的才能不够，而是这种诗体
的语言形式和传统的空气限制了他的才能。他的哲理在
五言诗才得到充分完美的表现。

　　陶渊明幽默的天才在中国诗人里是发展最早而且最
高的一个。幽默要是真理的孩子，由善的崇高的心所包
含的智慧与快乐结合而产生的，他的五言诗就有这样优
美的品质，你读着的时候，心里自然而然流露出微笑，
轻松而严肃。这种幽默的趣味在他以前的诗里是极少遇
见的，在他自己庄重严肃的四言诗里也收敛起它的踪迹。

　　　　悠悠我祖，爰自陶唐。
　　　　邈为虞宾，历世重光。
　　　　御龙勤夏，豕韦翼商。
　　　　穆穆司徒，厥族以昌。

《命子》头五章都用这样深奥的字眼，声调艰涩。那种
"典重肃穆"的姿态是有意追摹大雅。这实在就是四言诗

的"常格",渊明的四言诗就接受这样一种气氛。"肃矣我祖"是个转捩点,像是大祭完华,安步跨出庙堂,这才喘过一口气,觉得遍身轻松了一点。

> 厉夜生子,遽而求火。①
> 凡百有心,奚特于我。
> 既见其生,实欲其可。
> 人亦有言,斯情无假。

开始是那样严肃,几乎窒死心跳,到这里忽然破颜跟儿子开起玩笑来,使这里面空气显得异常不调和。怕他首先原没有那么严肃的教训,而是受了大雅的影响,才不由不摆出"雅穆"的神态来。可是真的性情虽然隐没,它还会露面的,而这轻松戏谑的情调在这里面就显得奇怪得不和谐。他的四言诗居多接受雅的气氛,而雅是"典重肃穆"的,最不适于表现幽默的情趣。如果将这篇和他的五言诗《责子》比较,就可以看出,在四言诗里,他诙谐慈祥的个性几乎完全消失于"安雅"的氛围,偶然流露,就破坏了诗的统一。

---

① 李注《庄子·天下篇》:"厉之人半夜生其子,遽取火而观之,汲汲然惟恐其似己也。"

三

我几次提到《时运》。自然，这不是什么好诗，不过，除了《停云》和《归鸟》，这还算比较好的了。而像

> 称心而言，人亦易足。
> 挥兹一觞，陶然自乐。

我们感觉它直率僵硬，哪里有点新活力？

《酬丁柴桑》单调直率，稀薄的情感浮在平泛的语言上，句法意境都没有新的表现。《赠长沙公》是不得已应酬之作，真替他担心这样牵强的话太不容易说下去。《劝农》就是《怀古田舍》所说的"秉末欢时务，解颜劝农人"。不过，仍旧承受雅与玄言诗的影响，笑颜因而掩去了大半。

九首诗中最好的当然要推《停云》和《归鸟》。《停云》使我想起徐幹的"浮云何洋洋，愿因通我词，逍遥不可寄，徙倚徒相思"，而延伫的云是新的象征。

情感像微云流过柔蓝的天空，要追摹它的迹象，就如在月光下搜寻瀑布映在石壁上清微的影子，用文字把

那个影子描下来，（文字是多么残缺的符号！）保留的已极有限，读者的经验兴趣和诗人不尽相同，于是诗一部分歪曲，一部分湮灭，一部分不自觉地扩大，真正诗人的情绪读者所能共感的，不就像几缕梦的游丝了么？因此诗特别讲暗示，重言外的神韵，不专求表现，而在使读者就有限的文字填满无穷的虚白。诗像是一缕微微的风，在你心上轻轻一扇，便生起粼粼的绿波，使你感觉天地全染满了春色。比兴和象征的作用也就把情思的晕围扩大到无限，用微弱的文字达到无言的境域。

《停云》，如说是用比兴，那它是浑融到一点不见痕迹。每一章它都用情调相合或相反的景物，与自己的心情"对照"、"烘托"，因而加强了诗情的色调和浓度。《停云》在四言诗的世界里，构筑起一座新的异境，和它以前任何作品比较，它一点不愧是最微妙、最完美，以后就再没有人继起。特别是它和平渊静的旋律达到高远的绝境，以前的四言诗是否曾产生过这样神异的音乐，我还不曾发现；在其后的四言诗里它简直成了高山绝响。

诗里面每一个字都带着回荡的声音，造成一种回荡的旋律，每一字，每一句都在那里回旋、闪动，环绕着朦胧的情致，隐约地露出一点清晖。这旋律大都建筑在"匀称"和"重叠"上，每一章里你都听到一种和美的声音低徊、反复。特别是头两章前面四句只略微将文字颠倒改变，就造成一种回声的韵律（echoing rhythm）。加上"霭霭"、"濛濛"、"云"、"昏"……这些朦胧低沉字音的缭绕、反复，因而升起一种气氛，蕴涵着迷濛的云水烟霭。

若就诗的结构看，他是一卷一卷回旋的波浪，头两章文字改变不多，后两章改变虽然多一点，用意和文字的安排依然没有两样，而字眼和意象经过重新组合，便带了新的关系，新的意义，产生了新的效力。每一章都是新的开始，像一朵浪花催促一朵浪花，细粼粼地卷到远处去。音调邈绵，像低缓的古琴在那里袅娜，温柔的情感便随着低徊、荡漾。

诗里描出一幅图画：就在东轩里（你在窗子外面就望得见），一个白发的老诗人悠然地举起杯来，忽又来放下，搔头望着远方。

这首诗的设境凑巧恰像《郑风》的《风雨》：

> 风雨凄凄，鸡鸣喈喈。
> 既见君子，云胡不夷？

《风雨》每章仅仅改换几个字，节奏是单调的，意义也太简单，它还要借助音乐，才能恰当地产生动人的效果，也就是说，它还不能脱离音乐自成优良的文学作品，《停云》仅仅文字的意义就已达到高远的意境。

《停云》头两章没有高亢的音节，没有强烈的意象，真超谐入极高的和谐静美。在那恍惚如梦的音乐里，你心里蒙着一味迷迷茫茫的感觉不是？到了

> 东园之树，枝条载荣。
> 竞用新好，以招余情。

温暖的清晖落在绿枝和花上微微闪烁。"八表同昏，平陆成江"，隐含对于乱离的悲感。而"竞用新好，以招余情"，是诗人忘掉自己，精神和自然交融的境界。并不像批评的人所说，这里面包含什么讽刺。——论诗而忘掉诗人的心灵，或过分拘泥寻求他的用心，都永远接触不到诗的真谛。

> 翩翩飞鸟，息我庭柯。
> 敛翮闲止，好声相和。
> 岂无他人？念子实多。
> 愿言不获，抱恨如何？

音节转到盈盈灵动，天空飘下几只飞鸟，落在庭树上唱和，它们度给渊明深挚的情感，就像是"众鸟欣有托，吾亦爱吾庐"。

《归鸟》是诗人自己的象征。用"鸟"作比喻，也许受了《庄子·逍遥游》的暗示，《庄子》里乘风壮飞的大鹏和渊明放逸那方面的性格恰好相应，也正因为如此，所以他不忘淑世，而终能超世。《归鸟》使我们联想起屈原：《橘颂》是他少年时候理想的象征，橘树轩昂，独立明媚的南国；《归鸟》就是渊明的化身，幽姿俊影，独往独来。

《归鸟》也许是受了《离骚》的暗示，它们有不少契合的地方：岂特布局设境，就连措辞也太相近了。象征的方法是从屈原才大量而且极圆熟地使用，以前不容易见到，其后用的人不多，因为采取这种手法，而联想起屈原，是太自然不过的。渊明常回到古代寻找他的同调，由于性情和处境有共通之点，在"偄俛辞世"的时候，感到古代曾经笼在跟自己相似命运里的人，因而联想起他的作品，更是非常近情理。何况渊明的五言诗里有屈原影响，四言诗也可寻出一些踪迹？如果将《离骚》和《归鸟》对比，渊明的性格与《归鸟》的价值更可以看得清楚些。

《归鸟》含有渊明博大的爱和同情，崇高的意志想使昏暗的世界有个好转，他不断地苦恼、奋斗、挣扎，在对于当前景况深澈觉悟之后，归终走上养性全真的幽径，而他对于这个世界是夷犹、踌躇、依恋，一步一回头，

《归鸟》纯粹运用象征的方法。诗境那样深远，诗意那样绵密，诗意那样玄妙，在四言诗里从前不会见，以后再没有继起。

《归鸟》也就写出了渊明的一生。从那里面我们可以解释出他情思的真谛，和行为转变的丝迹。若用一句话解释这篇诗意，不妨说，"倔俛辞世"。

每章都用"翼翼归鸟"开始，这不仅染浓了诗的情调，也留下了归鸟迟迟飞飚的形象。

《归鸟》里象征的意义从渊明其他的作品都可以寻出映照，也就可以互相解释，而真义更容易显出。① 《归鸟》虽然短，却包含《离骚》深远宏伟的意境。"晨去

---

① "晨去于林，远之八表。"——我们想起年青时候的渊明："少时壮且厉，抚剑独行游。""猛志逸四海，骞翮思远翥。"

二三两章——"倔俛辞世。"

"景庇清荫"——犹如"浮云蔽白日"，"路幽昧以险隘"。

"日夕气清，悠然其怀。"——归田后恬静的生活，最好和他恬澹清远的诗对照看。

"游不旷林，宿则森标。晨风清兴，好音时交。"——是高洁人格的象征，仿佛《离骚》："朝饮木兰之坠露兮，夕餐秋菊之落英。""饮余马于咸池兮，驰椒丘且焉止息。"

"矰缴奚施？已倦安劳？"——"贤者避其世。""性刚才拙，与时多忤。自量为己，必贻俗患，倔俛辞世。"

于林，远之八表"，犹如屈原上天漫地周流。"和风弗洽"，就像是屈原遇谗见疏。《归去来辞·序》谓，"怅然慷慨，深愧平生之志"，可以移来说明这里所谓"翩翩求心"。

> 虽不怀游，见林情依。
> 遇云颉颃，相鸣而归。

仿佛《离骚》：

> 忽反顾以游目兮，将往观乎四方。
> 悔相道之不察兮，延伫乎吾将反。

温汝能说得非常恰当："全篇语言之妙，往往累言说不出处，而数字回翔略尽，有一种清和婉约之气在笔墨外。"所以它能用这样短小的形式，表现这样深远复杂的意境，要想用语言解释它，几乎不可能。就如：

> 遐路诚悠，性爱无遗。

包含多少说不出也说不尽的意思？就像是：

闺中既以邃远兮，哲王又不寤。

时暧暧其将罢兮，结幽兰而延伫。

到了林子，再没有希望，他还是在"徘徊"，绝望中得到些微安慰，往往感激流下泪来，在这样的喜悦里，他说：

岂思天路，欣及旧栖。

"涵茹到人所不能涵茹为大，曲折到人所不能曲折为深。"（《艺概》）刘熙载这两句话移来解释这个深婉窈渺的境界，或者可以得其仿佛。《离骚》也有这样的辞句，一样的沉痛。

何所独无芳草兮，尔何怀乎故宇？

两个诗人在命运里如何挣扎，如何处理他们自己呢？陶渊明虽然没有同调，还能够谐合众声，在日暮清爽的空气里悠然自得。屈原的态度就更为决绝，只有叹息："既莫足与为美政兮，吾将从彭咸之所居。"于是走上死的白路。

陶渊明五言诗的艺术

一

钟嵘说陶渊明的诗"质直",像是"田家语",其后直到宋朝,还有人嫌他没有文采。这是陶诗里比较重要的一个问题,似乎用得着一点说明。诗不尽是"情感自然的洋溢",它必须经过艺术的镕裁;正如西密拉(Simylus)所说:"自然(nature)没有艺术,或是艺术不与自然结合,无论对于谁,想要求任何的成功都是不够的。当这两者遇合在一起,它仍旧需要加上运用,与方法、工作的爱好及练习,一种适宜的机会、时间和能了解所说及的判断(批评)。"① 诗人的本质并不只是由于他具有那种情感和思想,而他特殊的表现能力同样重

---

① 西密拉(Simylus, 355B. C.):*On The Condition of Literary Achievement*。

要，甚至是更重要的。这就走进了形式跟内容的问题。对于任何成功的艺术品，内容好而没有精美的形式，或只有精美的形式，而缺乏崇高的内容，都是不够的，两者必须恰当地配合，而得到高度的发展。但又不仅调合而已，它们是交融在一起。白诺德（Arnold Bennett）说得很对："风格（style）跟内容是不能割分的，当一个作家表达一种观念（idea），他就是表达一种字句的形式。字句的形式造成他的风格，而它是绝对被思想驾驭的。"① 怎样才是恰当的调和？却不容易有标准的尺度，时代风尚和个人的性好都难免没有偏敧。

得，话又落到陶渊明的诗了，阳休之、陈后山或说他"辞采未优"，或说他"不文"，他们只是看到他字面的意义、色彩和辞句的雕饰，忘了这些文字在诗里产生的"意境"（自然包括内容的效果）。这种批评不相干，我们倒要探寻陶诗语言的特色，他为什么用这种语言？

有人说渊明的诗不是六朝的诗，我们却正要回到他那个时代去找根源。太康以来的诗人尽量敷砌词华，追求骈俪，真如刘彦和所说："采缛于正始，力柔于建安，或析文以为妙，或流靡以自妍"。当时的诗就因为这样，真的思想和情感被扼死，一点生机也微弱得可怜了。由

---

① Arnold Bennett：*Literary Taste*。

繁缛回到素朴，由矫饰回到自然，由浮靡回到清真，到了尽处，转过头来，原是极自然的趋势。陶渊明的诗就是这样一个转变中的结晶。

他的诗语言简单凝练，挹取了乐府诗的明白生动，稍稍和口语相接近。姜白石说它"散而庄"，这个"散"字实在捉住了陶诗的精魂。他是从过分雕琢骈俪的辞句和结构，转而用比较接近散文的组织写诗，以语言自然的节奏为基调（不管他有意或无意）。他选择简单的文字（意思却不简单），安排在比较自然的次序里，不多排偶，这样就形成了他"平淡"的风格。那样自然，就如湖水里迸出的荷花——在风中飘举，他们是怎样来的呢？寻不出足迹。然而他岂只是"平淡"而已，巧妙的安排，精意潜在字句下面运行，真是奇奥精拔，隐约变化。可是，这件素朴的衣裳它的内美是不容易看出的，似乎是直到东坡才发现它："质而实绮，癯而实腴"（《与苏辙书》）。

一种诗体原有它自己的特质，经过时间较久，诗人将它烘染上特殊的情调，于是就造成一种空气，有的内容比较适宜用它来表现，有的就不甚适合。渊明的诗大都是用五言写的，五言诗尚安恬，宜质朴，适于表现平淡真挚和亲切的情思（比四言为流动，比七言易含蓄）。这样就跟他诗的意境完全契合了。

一个伟大的作家都是将过去的传统经过自己改造，重新综合，才取来作为自己的滋养。陶渊明的五言诗似乎不会从《诗经》里取得什么，《楚辞》他主要的怕是从那里接受了一点气氛或情调，从乐府诗就在明白生动一方面，也汲取了它一部分的技巧。他的泉源是在建安的诗，和古诗十九首（建安诗人大量制作乐府，渊明诗里乐府诗的影响一部分也由它们传来），更重要的是曹子建和阮籍。

接受别人的影响，诗人自己或有意或无意，甚或是完全不自觉的，有时它潜在最深处，简直不容易发觉，而它却确实存在。像是从前旅行过，就说西湖吧，一片远山凝翠和水的明蓝浸在记忆里，有时它们会悄悄地将轻微的颜色投映到诗里来，虽然你不容易感觉出。我只想在渊明诗里，搜寻一点他和过去诗人感通的迹象，这迹象只是我的心灵在他的作品里漫游时偶然发觉的一点清影，原不能拘泥看的，断然无意追踪渊博的学者，一口咬定它的出处、来历。

陶渊明从《楚辞》接受的情调，特别在他和阮籍相近的那些诗隐约可以看出（阮籍想象丰富，辞采幽丽，主要的是从屈原来）。这就说得太远了，玄虚迷离，只能感觉，不容易说明。

可是，也并非全没有比较显然的痕迹可寻。《饮酒》"清晨开叩门"那首诗，我常是联想起《渔父》。这两篇命意天然就相同：一借渔父发抒弃世自沉的隐衷；一借田父说明自己不能出去做官的决心。《渔父》首先布置一场小景："屈原既放，游于江潭。行吟泽畔，颜色憔悴，形容枯槁。"《饮酒》也用一幕小景开场："清晨闻叩门，倒裳往自开。"不同处只是一用第三人称，一用第一人称；渊明穿插了一点乡下的人情，"田父有好怀，壶浆远见候"。以下没有描写，全是对话：《渔父》两问两答，非常显明；《饮酒》两问一答（省去了田父回答的话），不曾点明说话的人。不同处却正见出相同：屈原回答渔夫"何故至于斯"那一段话，恰恰相当《饮酒》"疑我与时乖"，不过后者化成叙述而已。而前者结尾渔父唱着《沧浪歌》，打桨而去，这一景是《饮酒》没有的，为了对照，更不同得有意思。这又是设境与安排的相似了。

对话本身也给我们十分契合的对照："一世皆尚同，愿君汩其泥"，不就是"世人皆浊，何不掘其泥而扬其波？众人皆醉，何不铺其糟而歠其醨"？"深感父老言，禀气寡所谐。纡辔诚可学，违己讵非迷？"不就是"安能以身之察察，受物之汶汶者乎？安能以皓皓之白，而蒙世俗之尘埃乎"？而"宁赴湘流，葬于江鱼腹中"，词气悲婉；渊明就非常斩绝："且共欢此饮，吾驾不可回！"

也许田父气折，不再说话，自然用不养渔父歌沧浪那样的结尾了。

古诗十九首影响后世之大，恰如它短小的篇幅成个相反的对照。大约一由于它是五言诗中很早的，一是它可以代表两汉五言古诗最高的成就。组织和声调就泄漏出风格的秘密，若从句法着手，研究古诗十九首对于渊明诗的影响，必然可能有不少的发现。这样的句子并不难找："往燕无遗影，来雁有余声"，宛然就是古诗十九首"秋蝉鸣树间，玄鸟逝安逝"；"荣荣窗下兰，密密堂前柳"，跟"青青河畔草，郁郁园中柳"，是一种结构；"世短意常多，斯人乐久生"，就像是镕铸"生年不满百，常怀千岁忧"两句的意思。

如果就神情与态度着眼，也可以发现它们中间的关系：《饮酒》"栖栖失群鸟"和古诗十九首"冉冉孤生竹"、"西北有高楼"相近，《拟古》"仲春遘时雨"、"迢迢百尺楼"和古诗十九首的情韵太酷肖了。这就或者说得太远了，迷离恍惚，不容易抓得住，不妨举出个实例来。《归园田居》"种豆南山下"和古诗"涉江采芙蓉"不但句的形式相似，就节奏也太像了，命意设境仿佛是渊明有意模拟。先都点染一片清灵的背景：古诗"涉江采芙蓉，兰泽多芳草"，渊明一样地利用了这种手法，"种豆南山下，草盛豆苗稀"。随着写动态："晨兴理荒秽，带月荷锄归"，静观凝思，一步一步从长满草木的小路走来，上句只是烘托"带月荷锄归"的景况；"采之欲遗谁，所思在远道"，则是缱绻缠绵的情意，下句只是描写他的内心，而动态在"采之欲遗谁"见出。随后两篇同样是抒发诗人的感慨。说也奇怪，这两首长短也竟相同，不多不少恰正是八句。那么渊明是否一定受了它的影响呢？从形式和手法看，他可能是从那里得到了一点暗示。

中国诗一向稍偏向抒情的路发展，成绩最好的也是抒情诗，叙事诗不发达。"对话"和叙事是有密切关系的，叙事大都少不了对话，抒情诗就往往只是作者一点感触，一种情调，或者说是"心灵的独白"。唐以后的抒情诗就不很容易看见对话了。而乐府诗常是包含故事。用对话带着事实发展，后来的诗用对话大都受了它的影响。虽然周秦诸子常用问答写故事，《离骚》和比较古的诗常有对话，汉赋也有设难，而在这方面影响后来的诗最直接的怕还是乐府诗。渊明诗里有比较长的对白，或是简短的上句问，下句答（如"问君何能尔？心远地自偏"）。这多少受了乐府诗的影响。

　　渊明有袭用乐府诗句的①，也有整篇可看出乐府诗的影响的。《归园田居》"久去山泽游"和古诗"十五从军征"，同是用对话铺排，布局、命意更是出奇的相似。渊明虽然不一定有意模拟，大约是受了他的暗示。

　　渊明的五言诗从曹子建学得不太少，这不重在说模拟他那几篇，那些句，而在从他接受一种情韵和表现的方法。这样高的影响，就只是一种精神浸入诗的深处，不能只在一篇一句里找它的迹象了。

　　渊明的《拟古》，从表现说，真是"拟古"，不过写的是自己欲吐难舒的深情。这里面有好几篇显然是受了曹子建《杂诗》的影响："迢迢百尺楼"似用《杂诗》"飞观百余尺"的境，不过子建是壮怀慷慨，渊明则将诗意推远一层。《拟古》（和《饮酒》一样）充泛着愤切不安定的情绪，渊明在这首诗里愈是要做旷达，愈是悲慨淋漓。"辞家夙严驾"，显然就是拟《杂诗》"仆夫早严驾"，它一个个字在凄迷的微雾里炽燃着悲愤。模拟的痕迹更明白的是"日暮天无云"，谁把它和《杂诗》"南国有佳人"这两篇一眼看过去，都会发觉它们命意结构和

———————

　　① 汉乐府《鸡鸣》："鸡鸣高树巅，狗吠深巷中。"渊明《归园田居》："狗吠深巷中，鸡鸣桑树巅。"只将汉乐府两句颠倒，"高"字改成"桑"字。

措辞都太酷肖了。

渊明《杂诗》里阮籍的影响不容易见出，而《饮酒》我却常将它和嗣宗的《咏怀》联系在一起。从处境说，渊明和阮籍系生在同一命运里，《杂诗》和《咏怀》用心也就太多相同处，《饮酒》确乎是受了不少阮籍的影响：用典故穿绾，借比兴象征，或是寓言渲染成恍惚迷离的情调。这是处理空气的手法相同处。而这种手法在渊明的诗（除了《拟古》和《饮酒》）是极少遇见的，恰正成了一个非常有意义的对照。若细细比较，又会发觉《饮酒》的句法、用事和设境与《咏怀》都太酷似了。《拟古》一部分学古诗十九首，一部分学曹子建，一部分学阮籍。"迢迢百尺楼"和《咏怀》"登高望四野"非常相似；"日暮天无云"像是从《咏怀》"四方有佳人"取得一点灵感和情韵。

二

陶渊明将诗的题材伸展到自然，实在是开创了一种新的文学。就形式说，也是新的。就讲节奏吧，它是以语言自然的节奏做基调，虽然也有不少是诗的特殊的组织，和当时过分雕饰、骈俪、不自然的诗正是个好对比。较为自然的节奏可并不妨碍他产生和谐的音乐，他有几篇简直是回荡流动的旋律。随着他新的题材和诗的特殊的语言，带来了新的韵律。爱略忒（T. S. Eliot，今译作艾略特，英美现代派大诗人。——编者注）说得好："谁寻得了新的音律，他就是扩张、精美了我们的感觉；那不仅是技巧的关系。"而渊明又不仅是新的音律而已，他诗里有种特殊的声音，成为新的个人的韵律（new personal rhythrn），如果用柏蒲（Alexander Popo，今译作蒲伯，英国古典主义大诗人。——编者注）的话，可以说是"声音的风格"（style of sound）。

渊明用比较接近说话的语言，清而不太重，淡而不太稀，真挚而不浮饰，跟他诗的内容刚刚谐合。除为了制造空气，或借古事抒怀（如《饮酒》、《拟古》），他极少用典，——当然也由于他那种新诗过去很少恰好表现它的典故。他的诗排偶也是极少的，尤其抒写田园情趣的那些诗，是更为自然的（从前的人称他"平淡"，大约是指这类的诗），无论字句或组织，它未尝不精炼，却都磨光到透明，见不出痕迹。山谷说得也对，"不烦绳削而自合"。

不见痕迹，究竟不是没有痕迹，若从句法着手，研究他如何表现这种新的意境，一定可以发现不少的奥秘。他往往用直觉顿然捕捉住最微妙的情感，"空庭多落叶，慨然知已秋"，给你的神经通一闪电花，谁能不警觉？而终于是一缕叹息压你心上，化为轻烟似的惆怅，像这样高的境，我们除惊异于他神秘的力量，真也就只好叹息"无迹可寻"了。而细细寻绎，也就还有话可说，也许正有话要说了。"目倦川途异，心念山泽居"，掘发了远游人最深沉的情感。他研磨诗意化为最明锐的感觉，刺进人心灵深处（特别是"倦""异"两个字相摩相荡，见出坚凝的力），正如"计日望旧居"托出归人望乡迫切的心情一样。他常善用了不相同的境对照，使诗意更鲜明深邃。例如"世短意常多，斯人善久生"，"情通千里外，形迹滞江山"，而"岂忘游心目，关河不可逾"，意思姿婉、曲折，跌宕更见姿态，更显出力量。杜工部诗里也有这种句法，如同"反畏消息来，寸心复何有"。句子的形式也就灵巧变化，有时两句包含一个意思，其间微微转折，"所以贵我身，岂不在一生"？柔韧中见出力量来。有时意思一层一层处进，螺旋似地钻过人心里。"民生鲜长在，矧伊愁苦缠"，这种句法到李商隐就更巧妙地发生变幻了："此情可待成追忆，只是当时已惘然"；"春心莫共花争发，一寸相思一寸灰"。

渊明诗新的意境一面也建筑在他的思想上。他所表现的哲理比以前的诗人都多，思想浸进诗里，渐渐如情感一起发展，渊明的诗正隐约说明了这个新趋势。他说理的诗你大都感到宁静的哲学的美，歌德这句话可以借来作为很好的说明："诗人需要一切的哲学，但在作品里，就必须避开它。"渊明的哲学是经过他生活熔冶出来，化为纯净的光辉，而后映射在他的诗里。"啸傲东轩下，聊复得此生"，乐天安命的哲理融化在恬淡的情趣里，你但领略他那微涩的甜味，不会想起那里面放了蜜。"客养千金躯，临化消其宝"，玄机透过他优美而满载着思想的心，染着了情感，形象化而诉于智慧与想象，这里面的隐喻也就蕴含深长的趣味。山水是表现老庄意境最好的形象世界，"采菊东篱下，悠然见南山"，就是最为宋人称赏的这样的名句，他的思想构成神奇的境界，使人惊异而低徊在那里面。"结庐在人境，而无车马喧。问君何能尔？心远地自偏。"王荆公极其赞叹，说是"自诗人以来无此句"，其实这里面也就是从《庄子》借来的思想。他有时是诙谐地含笑给你讲道理，你却忘记了他是在讲道理，觉得非常有趣。《拟挽歌辞》的思想其实就是"纵浪大化中，不喜亦不惧。应尽便须尽，无复独多虑"。在那里面我们并不感到死的恐怖，而爱他的和平静美，欣赏渊明在死神霜一样的怀抱里自在笑傲的情态："有生必有死，早死非命促。""在昔无酒饮，今旦湛空觞。春醪生浮蚁，何时复能尝？"

不错，渊明的哲理诗是他生活映射出来宁静的光辉，这一句话也就说明了他所有的诗。谁都知道他是第一个写田园情趣的人，可是，怕很少人明白，诗到他手里，总是更广泛地将日常生活诗化。这句话似乎平凡得有点怪，诗当然表现生活，可是，渊明以前的诗人就不甚多写个人日常生活。什么地方没有诗呢？这句话是不错的，而它隐在幽深处，要诗人才会发觉它，显现它。平常的生活化成了诗，我们就感觉它更丰富，更充实。渊明用高尚、平实，而且真率的态度将生活呈现在诗里，青松、鸡、狗、黄昏的锄头，一触到他的笔，便都染着了高贵的灵性和情感。他就从日常琐细的生活，鲜明地显露出自己的个性。

个性如何在文学里渐渐显出，细细搜寻是一个有趣的奇迹。《三百篇》里我们不容易接触到诗人自己；屈原太高了，仿佛要仰起头，绝望地看；建安的诗似乎不甚能辨认出作者的个性；太康的作者性情又多被词华淹没。就是阮嗣宗吧，他虽然恰好说明了魏晋文学的新趋势：由现实趋向浪漫神秘，个人从社会幽暗处解脱出来，渐进于"自我表现"而他的诗意旨渊远，和我们像是隔着一层虹色的细雾。直到陶渊明才和我们相当亲切，虽然他太皎洁的光辉照耀得我们的眼睛有点花。中国诗人到陶渊明个性的渐渐显露，这个奇迹微妙地说明了："文学的经验的中心从人类移至个人，从抽象的道德的世界移至热情激动的灵魂。"①

　　陶渊明因真率坦白的态度而显露出个性特殊的魔力，是他惹人爱的地方。若追寻他诗里面的趣味，还有好些特殊不同处：我们已经提到过他幽默的天才，这使他的诗格外亲切妩媚。朱光潜《诗论》里的这段话，可以作为很好的说明："豁达者从悲剧中参透人生世相，他的诙谐出于至性真情，所以表面滑稽，骨子里沉痛。……豁达者超世而不忘淑世，他对于人生悲悯多于愤嫉……中国诗人中陶潜和杜甫是于悲剧中见诙谐者。"渊明在田园里精神得到清明、安定，哀愁可不会绝了缘，他常用诙谐排遣他们，这深沉的微笑，是欢欣，是哀愁，也轻松，也严肃。

　　他那些淡远闲适的诗，假如一有清晖，朗静明彻，是"如将白云，清风与归"的风致。有人说得很对，他"能以光风霁月之怀，写冲淡闲远之致"，他的诗将我们从现实生活里举起，升入崇高清灵的灵境。他却不只是轻声安流，你常常可以在"清风徐来，水波不兴"之外，遇见一些回湍倒影，心随着他极度热烈的情绪，奔驰在激动的快感里。"渊明诗有'理趣'"，他的思想所反映出奇特玄妙的诗意，的确能给人惊奇和趣味，又不仅是

----

① 流伊松（Ludwig Lewison）：《文学与人生》。

教训而已。

　　在渊明诗里找爱情是不容易发现的，如果有，那就是《闲情赋》和"日暮天无云"。有不少中国古代的诗人，他们心里的爱情（由于礼法、习惯和婚姻制度）像是压缩成了一种平凡、实际的生活，虽然不会完全压死，也就不容易产生崇高纯洁的情诗了。至于陶渊明，这种情感也许转移为音乐、自然的爱好和事业的熟悉，经过净化，升华为诗了。而他就全然泯灭了么？也不，他有时会从幽暗的下意识里窜出来，也许诗人不自觉，也许他怕人发觉而拼命掩饰（《闲情赋》），也许是真的寄托（"日暮天无云"），却难说一定不会悄悄混入了爱的意义，鼓舞他创作时的心。

三

　　向来将陶渊明和谢灵运相提并论，也许由于山水这段因缘，可是他们实在走着太不相同的路呵。就态度说吧，渊明笔下生出的风景是他心灵或意境的象征，谢灵运就以写实的态度精心刻绘。往深处看，渊明诗里一株树、一片山都染着他情感的颜色，耀着崇高的灵性与品格；谢灵运的诗里是没有什么情感的，因而他笔下的山水缺乏生命和高远的意境。这又是表现高低之不同了。

灵运雕刻骈俪太重，虽然不是没有深俊的诗意，但不免有凝滞的感觉。到谢玄晖，诗是能够流动了，但他和康乐一样，只有佳句，很不容易寻出完美的诗篇。钟嵘说他"意锐才弱"，这批评是很恰当的，"一章之内，自有玉石，然奇章秀句往往遒劲，善自发诗端，而末篇多踬。"若站在"调和"与"完美"的观点，渊明是远超过了玄晖和康乐。

无论是自然或田园生活，在渊明诗里你只接触到一种意境、情趣，或者说是空气（想象和情感合成的奇景），看不出各部分细致的形象，可是，他准确的感觉却从生活和自然捕捉住最真实的景象，而进于高邈的缔造。"清气澄余滓，杳然天界高"，"微雨洗高林，清飙矫云翮"，这里面是极高、极细微的感觉。

他诗里也有称田家气象，咏涵丰美的"真趣"：

> 野外罕人事，穷巷寡轮鞅。
> 白日掩荆扉，虚室绝尘想。
> 时复墟曲中，披草共来往。
> 相见无杂言，但道桑麻长。
> 桑麻日已长，我土日已广。
> 常恐霜霰至，零落同草莽。（《归园田居》）

"时复墟曲中，披草共来往。相见无杂言，但道桑麻长。"不是田野里的人，无从领会；没有真确感觉的人，体验不到；要不是这样真朴的形式，哪能表现得出？这就不仅是"意境""空气"而已。

范石湖的田园诗里最富于这种"真趣"，比较参看，更能显出渊明诗的价值。

> 蝴蝶双双入菜花，日长无客到田家。
>
> 鸡飞过篱犬吠窦，知有行商来卖茶。
>
> 梅子黄时杏子肥，麦花雪白菜花稀。
>
> 日长篱落无人过，惟有蜻蜓蛱蝶飞。
>
> 昼出耘田夜绩麻，村庄儿女各当家。
>
> 儿童未解供耕织，也傍桑阴学种瓜。（《四时田园杂兴》三首）

诗人的彩笔随它所触着的情境幻化为适宜的声色，陶渊明写田园，居多是用清淡的笔，不甚渲染，然而他有你意想不到的绮丽。

> 日暮天无云，春风扇微和。
>
> 佳人美良夜，达旦酣且歌。
>
> 歌竟长叹息，持此感人多。

皎皎云间月，灼灼叶中华。

岂无一时好，不久当奈何？（《拟古》）

这是怎样的一种声音！你念的时候，有点喘不过气
来不是？俨如三月的微风透过红杏林吹来的，含着潮润
的芳馥，阳光温煦。这富丽回环的声音像阵阵花香喷出，
由于有机的韵律（organic rhythm），融为一片和谐的妙
乐，每一个字（仿佛已成流质）都颤动着，宛然潋滟发
光的珍珠，即使完全不懂得诗的意思，只要听一遍，也
不难想象一个在良夜里酣歌达旦的美人。这首诗最大的
成功在它的声音。"日暮天无云，春风扇微和"，黄昏明
媚像一朵玫瑰，春波金色的鬓发颤动着，倾听佳人悇颤
于良夜的妙音。"皎皎云间月，灼灼叶中华"（比兴的运
用已经圆活多了，它是融和在诗里，不像《诗经》都放
在每章的发端。首先是由春天起兴，就通篇看，可以说
是象征的），弦音到了最高点，色彩也绚烂到无以复加。
这样奢侈的用浓重的颜色渲染，只是这两句，而使全诗
增加了瑰艳。

话又说回来了，渊明接受了前人的影响，不会完全
摆脱（当然也不必）他那个时代的风气（《形影神》有
玄言诗的影响，《归园田居》第一首仅仅二十句，竟有十

四句是对偶的），而从他身上，也就可以看出其后几百年诗的消息。

随着魏晋浪漫神秘思想的繁荣，想象往天空展开它云一样的翅膀，随着山水文学的兴起，诗人和宇宙有一种默契或情感的交流，"同物之境"渐渐在诗里滋长了苗芽。陶渊明恰好带来这个新的气息。似乎可以这样说，"同物之境"是到他才显然开始发展。"平畴交远风，良苗亦怀新"，"飞鸟欣有托，吾亦爱吾庐"，是诗人和宇宙息息相通的境界。

这新鲜的气息吹进他的诗里，就酝酿出绿的生意。"良辰入奇怀，挈杖还西庐"，这新奇的意境似乎是以前不曾见过的。"试酌百情远，重觞忽忘天。天岂去此哉，任真无所先。云鹤有奇翼，八表须臾还。"同样是充满异想。太习惯于他的平淡了，会惊异于这些诗句："清歌散新声，绿酒开欢颜"；"鸟弄欢新节，泠风送余善""神渊写时雨，晨色奏景风"，这哪里像一般人所想象的陶渊明！从态度说，他已经微微揭开了刘宋以后"声色"的序幕。

渊明诗所抒写的多只是一种"意境"，没有各部分细微的感觉，可是，他有时也用圆熟的喉咙，唱一唱别调："倾耳无希声，在目皓已洁。"写雪景当然微妙，我们却更着重文学态度（特别是山水文学）到他手里露出的转变：刻画写实。谢灵运的山水诗就完全承受这种法则。

建安以前的诗是浑然一气的，到曹子建才开始炼字锤句。讲究对偶（有意做诗），这是诗的一个转关。向来都说陶渊明的诗真淡醇厚。但究竟是晋朝诗了："芳菊开林耀，青松冠严列"，用字多锤炼；"日月依辰至，举俗爱其名"，"悲风爱静夜，林鸟喜晨开"，命意有难想到的新巧。他甚或不避险怪："素标插人头，前途渐就窄。"齐梁以后诗家专爱琢句，渊明早已指点了一条生僻的小路。

这样讲求炼字琢句，会发生怎样的结果呢？沈德潜指出了："汉魏诗只是一气转旋，晋以后始有佳句可摘。"这又是诗的一个转关。锐意向艺术追求，必然产生一种完美，——居多是一部分特别完美，也就产生了不完美。灵运、玄晖他们都留下了不少的名句："池塘生春草，园柳变鸣禽"，"野旷沙岸净，天高秋月明"（灵运）；"余霞散成绮，澄江净如练"，"天际识归舟，云中辨江树"（玄晖）。句子实在是精美极了，但花虽然好，枝叶却不甚称得起。虽然这非就由于名句所累，而那种极力追求完美的态度，未始没有影响。钟嵘说玄晖"意锐才弱"，恰正抓住了这个问题。过分讲求字句的精美（即所谓"意锐"），力量差一点就难顾到篇的完整（即所谓"才弱"）。这种努力在短章比较容易见出成功（就如精细的工笔书适于作小幅的条屏），玄晖的小诗精美完密，正从反面作了很好的说明。

刻意追求艺术的完美，居多产生一部分特别完美，这当然不错，如果它在全篇诗里能够和谐，我们丝毫没有理由说，只有像汉魏那样"一气转旋"的诗才是最好的诗（自然，那样的诗要是真好，也是一种好诗）。艺术往往到比较复杂、比较高时，愈需要多的变化。就说音乐吧，一部比较长的乐曲，当然可以有平和的旋律，低音的伴奏，然而有时并不妨让奢丽的声律像一阵阵穿花乱莺巧啭而涌出，也不妨着矫健飞腾、清亮如银的几声，如其调配得好（当然须有必要），并不会因此破坏乐曲的统一，相反，正因为对照、烘托，使它的意境更鲜朗深远。陶渊明的诗也有名句，譬如"采菊东篱下，悠然见南山"，已成为一般人记忆里珍贵的枝叶，它却是相当调和，使全诗更为摇漾生色。

一九四四，五月初稿

陶渊明诗赏析三篇

写作中的萧望卿及其

关于《陶渊明诗文赏析集》的信

陶渊明诗文赏析集

本稿是巴蜀书社"中国古典文学赏析丛书"之一种，该社请

书宏军同志经手约我撰写三篇，一、至心世纪，似名宰友一

祝「停云」，二、旅憾委心—读「时运」，三、自挽真率的游—答

庞参军。

祝共约稿已成齐，即将付印。

李华同志把写作工作，在人民文学出版社……出版，

印排幸请庞，孟将其专待一付邮印于下。另点即拉稿中的一

萧

关心世乱，怀念亲友
——说《停云》

　　停云，思亲友也，罇湛新醪，园列初荣，愿言不从，叹息弥襟。

　　霭霭停云，濛濛时雨，八表同昏，平路伊阻。
　　静寄东轩，春醪独抚，良朋悠邈，搔首延伫。

　　停云霭霭，时雨濛濛，八表同昏，平陆成江。
　　有酒有酒，闲饮东窗，愿言怀人，舟车靡从。

　　东园之树，枝条再荣，竞用新好，以招余情。
　　人亦有言，日月于征，安得促席，说彼平生。

　　翩翩飞鸟，息我庭柯，剑翮闲止，好声相和。
　　岂无他人？念子实多，愿言不获，抱恨如何！

　　陶渊明诗的杰出成就主要在五言诗，四言诗的价值远不如五言诗高，其中最好的当推《停云》和《归鸟》，尤其《停云》，得到历代学者很高的评价。

　　《停云》作于晋安帝元兴三年（404年），当时陶有四十岁。他辞去桓玄的官职，回到家中隐居，到此时已经三年。东晋在这个时候即将覆亡，连年战乱给老百姓带来深重的灾难，陶渊明的家乡浔阳，屡次发生战争，也是多灾多难的地方。我们要认识陶渊明在这个时候写下的这首《停云》，鲁迅的一段话是很好的指引："我总以为倘要论文，最好是顾及全篇，并且顾及作者的全人，以及他所处的社会状况，这样才较为确凿。要不然，是很容易近乎说梦的。"（《且介亭杂文二集·题未定草七》）

　　陶渊明可并非淡然忘世，而是实有志于天下、希望自己能够"大济于苍生的人"。他在写《停云》几个月以后所作的《荣木》中说："先师遗训，余岂之坠。四十无闻，斯不足畏。脂我名车，策我名骥，千里虽遥，孰敢不至！"他还想驱车策马，出去发挥自己的才能，施展自己的抱负。

　　陶渊明在此时以前，曾任州祭酒，后来又当过桓玄的僚佐。对于当时政治黑暗，风云变幻和统治集团的相互倾轧厮杀，他是有亲身的体验和认识的。他在写《停云》的时候，刘裕等发动了讨伐桓玄的战争，而且战火已经燃烧到他的身边，他对时局自然是不能不关心的。龚自珍很了解他创作《停云》时的心情："陶潜诗喜《咏荆轲》，想见《停云》发浩歌。"（《舟中读陶诗》）

《停云》如诗小序所说，是写"思亲友"。但他关心世乱、满腔悲愤之情，在字里行间奔流着，到诗的结尾，就喷薄而出，岂只是"思亲友"而已。因为当时不便直言，渊明感变伤时，只能借思亲友隐晦曲折地表现出来。温汝能说得不错："诗中感变怀人，抚今悼昔，一片热情流露言外，若仅以闲适赏之，失之远矣"。（《陶诗汇评》卷二）

《停云》全诗四章，都用比兴。"霭霭停云，濛濛时雨，八表同昏，平路伊阻。"一开始就写得很出色。停云，云凝聚着不散，不流动，大概指其时天空没有什么大风。霭霭，云盛的样子。"霭霭停云"，是写天空满布着凝聚不散的浓密黑云。"濛濛时雨"，我们可以设想，诗人从东轩望去，天空和原野里正下着迷迷濛濛的春雨。这阴暗的云雨象征当时晋朝大乱的光景。"八表同昏"，诗人感慨整个天地都是这样昏暗：天下大乱，晋室垂危，老百姓遭受苦难。"平路伊阻"，平坦的道路被雨水阻塞，言外之意是，在战乱中，交通阻绝，并为后面写远方的朋友不能前来作伏线。

渊明在开头四句，有感于时局动乱，就眼前的景物稍加描画，着墨不多，而意境却是那么阴沉忧郁，甚为感人。四句诗，十六个字，可以说是字字沉痛。

这种意境自然引起渊明怀念朋友。"静寄东轩，春醪独抚"，写出了他思念朋友的深情。"良朋悠邈"，读者联系全篇和上下文，就会想象到，渊明所深切地怀念的朋友，在遥远的地方，在战乱中，交通阻绝，不能前来。"搔道延伫"，渊明也许在室内走来走去，也许站在窗口，凝望着前面那条朋友可能从那儿走来的小路，等待了很久，心情很烦乱，搔着头，却始终不见那朋友来。

"静寄东轩，春醪独抚，良朋悠邈，搔首延伫"四句，写渊明等待朋友时那种神态和心情，很生动、很真实。他那两鬓斑白、满怀幽愤的形象活现在我们面前。

古典诗词的构思造语很精工，语言很少，而含意深远。读诗词的时候，特别需要用丰富的想象，探索言外的深远的含义，体会其优美的意境。

第二章："停云霭霭，时雨濛濛，八表同昏，平陆成江。"一、二两章头四句都用兴，以复沓的联章形式，每章的字句基本相同，只变换了几个字，反复咏叹，加强其中蕴含的思想和感情，创造优美而能感染读者的意境。这种形式产生回环往复的旋律，加强了诗的感人的艺术效果。王夫之说得好："用兴处只颠倒上章，而愈切愈苦

者，在音响感人，不以文句求也。"（《古诗评选》卷二）
要说"音响感人"，可不只这四句，就全诗说，又何尝不
如此呢？

上章说"静寄东轩，春醪独抚"，这章说"有酒有
酒，闲饮东窗"，一再反复，使得思友的感情更为殷切，
上章说，望朋友来而不能来；这章说，想去看望朋友，
也不能顺心，前面说"平路伊阻"、"平陆成江"；这里
归结到"舟车靡从"，从此可以看出作品构思的严密。

第三章："东园之树，枝条再荣。""再"，一作
"载"，皆通。东园里的树木凋零，春天来时，还能再欣
欣向荣。当前形势险恶，难道就不可能好转么？渊明感
时忧世，态度还是比较积极的；园树再荣，可能会给他
带来希望，使他的心受到鼓舞。

"竞用新好，以招余情。"渊明笔下的树木是活的，
有感情的，竞用新的美好的光景向他召唤，我想，他会
怜爱他们的。

这种光景就更使他思念老朋友了。"人亦有言，日月
于征。"日月指时光，换句话说也就是人生。人生像远行
一样很快就消逝。在战乱中，这样说来，感慨就更深了，
因而更急切地想会见朋友，而道路阻隔，只能付诸一片
热切的希望："安得促席，说彼平生。"

第四章："翩翩飞鸟，息我庭柯。"只用了几笔，就

勾画出鸟儿的动态。更出色的是："敛翮闲止，好声相和。"这两句细致地描画鸟儿停下来以后，收敛翅膀，闲静地停留在树枝上，用热切优美的声音相互唱和。画活了鸟儿的神态和声音，传出了它们的心情，写得真是自然活妙。

鸟儿"好声相和"的动人情景，自然兴起渊明怀念朋友的挚切心情。"岂无他人"，是用来衬托他们的情谊比别的朋友更深。他是多么热切地希望和朋友相见，开怀畅叙呵，而终于"愿言不获"，怀念朋友而无由见面，于是发出了意味深长的感叹："抱恨如何"（怀恨而无可奈何）！渊明在这首诗里，从头到尾都是写怀念朋友，写得很真实感人，到结尾一句，他关怀世乱的悲愤之情才涌现出来。正如黄文焕所说："比兴愤极，高处使人骤读之不觉，并亲友亦属《蒹葭》之虚想。"（《陶诗析义》卷一）

萧统说，陶渊明的诗，"语时事，则指而可想；论怀抱，则旷而且真"（《陶渊明集序》）。在《停云》中，渊明因不便直说，感变伤时之情不能不借"怀亲友"而隐晦曲折地表现出来。知人论世，我们不能不说这篇诗较真实地反映了晋朝当时的战争和乱离的情况。

陈廷焯说："渊明之诗，淡而弥永，朴而实厚，极疏极冷极平极正之中，自有一片热肠，缠绵往复，此陶公

所以独有千古，无能为继也。"（《白雨斋词话》卷八）
这是对陶渊明五言诗所作的很好的评价，而这种卓绝之
处，在《停云》中，也多少能体现出来。

《停云》有小序，用比兴的手法和复沓的章法，摘首
句的二字为题，这都是受了《诗经》的影响。诗中用比
兴的手法和复沓的章法，技巧很高，有所创新，其艺术
效果是颇为感人的。

欣慨交心
——谈《时运》

时运，游暮春也。春服既成，景物斯和，偶影独游，欣慨交心。

迈迈时运，穆穆良朝，袭我春服，薄言东郊。
山涤余霭，宇暧微霄，有风自南，翼彼新苗。

洋洋平泽，乃漱乃濯，邈邈遐景，载欣载瞩。
人亦有言，称心易足，挥兹一觞，陶然自乐。

延目中流，悠想清沂，童冠齐业，闲咏以归，
我爱其静，宿寐交挥，但恨殊世，邈不可追。

斯晨斯夕，言息其庐，花药分列，林竹翳如。
清琴横床，浊酒半壶，黄唐莫逮，慨独在余。

在陶渊明的四言诗中，《时运》是比较好的，它和《停云》同作于元兴三年（404）。诗序说明诗的主题："《时运》，游暮春也。春服既成，景物斯和，偶影独游，欣慨交心。"渊明独游时，和自己的影子作伴，心情十分复杂，内心深处交织着一片欢欣和感慨。

《时运》四章，全用赋的表现手法。

"迈迈时运，穆穆良朝，袭我春服，薄言东郊。"这几句叙述四时在运行，已是暮春，渊明乘兴到东郊去游览。以下四句写春郊的景物："山涤余霭，宇暖微霄"，大概是雨后放晴吧，风起来，山上洗去还没有散尽的濛濛云气，天空笼罩着微云，田野里一片清朗的景象。陶渊明长期住在农村，后来还参加耕作，对于田园风物的观察和体验是很细、很深的。"有风自南，翼彼新苗"，暮春三月，和畅的风披拂着田野里正成长着的新苗，这境界很静很美。这和风新苗不仅是活生生的，有感情的，而且诗人的笔赋予它们性格。沈德潜说："'翼'字写出性情。"（《古诗源》卷八）"翼"字是这两句中的诗眼，浑朴生动地传出和风披拂着新苗的神态，体现了它们的性格。"艺术美只是心灵美的反映"（黑格尔），沈德潜所说的性情，也就是渊明的性情的反映。

渊明很喜爱田园风物，田园风物是他的精神上的寄托。他说过："静念园林好，人间良可辞。"（《庚子岁五月中从都还阻风于规林二首》）他的心是和这些风物交融在一起的。"有风自南，翼彼新苗"，"众鸟欣有托，吾亦爱吾庐"（《读山海经》），"平畴交远风，良苗亦怀新"（《癸卯岁始春怀古田舍二首》），都含有神与物游、冥忘物我的妙谛。

真正好的诗所蕴涵的美，要发现它，可并不那么容易。苏东坡说："陶靖节诗云：'平畴交远风，良苗亦怀新'，非古之耦耕者，不能识此语之妙也。"（张表臣《珊瑚钩诗话》引）东坡对"有风自南，翼彼新苗"二句没有评说，但其中的道理彼此相通的。如果我们不能认识这些诗句的美妙，恐怕主要是由于我们观察和体验田园风物还不细不深，对于渊明的人格和诗的艺术还了解不够深透。真正好的诗所蕴含的美，好像是永不枯竭的源泉。一个人、一个时代，要把它发掘净尽，恐怕是不可能的。

第二章："洋洋平泽，乃漱乃濯。"从远望的观点写平湖，只见一片汪洋的湖水冲刷着沙岸。以渊明的才华，囿于四言诗的语言和习套，这四句实在不免有点板滞，毫无新的意境。"人亦有言，称心易足，挥兹一觞，陶然自乐。"也有些平板单调，没有什么新创。符合自己的心愿，就容易满足，则春游也有欣快，于是拿起酒杯来，一饮而尽，"陶然自乐"。说"自乐"，也就透露了孤独之感。

以上两章写春天出游的欣喜。三、四两章就伤今怀古，寄托感慨。

第三章不是写当前的事，而是渊明想起孔子的学生曾点谈自己的志趣，也是很深的感慨。曾点对孔子说："暮春者，春服既成，冠者五六人，童子六七人，浴乎沂，风乎舞雩，咏而归。"孔子听了，表示赞许（见《论语·先进》）。"延目中流，悠想清沂，童冠齐业，闲咏以归。"就是从曾点的谈话展开想象的。渊明远望平湖的中流，忽然悬想起曾点曾经提到的清澈的沂水（在今山东曲阜县南），儿童和成年人都习完了课业，悠闲地歌咏着回去。这里面的静的境界，是渊明日夜向往的，静就是自甘淡泊，而无外慕，别有乐处。"但恨殊世，邈不可追。"渊明对当时的政治深为不满，从"恨"字显然可以看出。

第四章，静境已不可追，渊明感到在家隐居也别有乐趣："斯晨斯夕，言息其庐，花药分列，林竹翳如。清琴横床，浊酒半壶。"张荫嘉说，这六句"暗顶咏归，铺述家居之乐，以为'游'字余波"（《古诗赏析》卷十二）。这个见解是有独到之处的。本章最后以极其沉痛的感慨，结束全篇："黄唐莫逮，慨独在余。"渊明对当时的政治不满，那么，他的政治理想是什么呢？就是黄帝、尧、舜之世。他在《赠羊长史》中说:"愚生三季后,慨然念黄虞"(黄帝、虞舜)。而"黄唐莫逮",可见其感慨独深。

诗小序说:"欣慨交心"。渊明的一生,有欣喜,也有感慨,即就游东郊说,也是如此。他观赏暮春的景物,感到欣喜;但他的心里有许多矛盾,也就有许多苦恼,这欣喜是他对人生有所彻悟之后得来的。"人亦有言,称心易足。"符合自己的心愿就容易感到满足,而满足就常会得到欣喜,这句话有利于他对苦恼的解脱。

但渊明在仕途上很不称意,心怀大志,而不得施展,他对这些是始终念念不忘的。连年战争不息,晋室濒于覆亡。他虽然不一定忠于晋室,但是眼看国家动乱,人民遭殃,自己却无力挽救危局,心情自然是很沉痛的;至于他的政治理想,当然更无由实现了。他真是感慨万端:"黄唐莫逮,慨独在余。"谭元春说:"'慨独在余'是自任自感之言。"(钟惺、谭元春《古诗归》)这是很中肯的,这"独"字写出了渊明很深的苦衷。

《时运》是四言诗,也有小序,取首句的二字做题目,用赋的表现手法,都是受《诗经》的影响。但《停云》、《归鸟》和《时运》等篇,都是晋人的风格,和《诗经》有不同。正像沈德潜所说的:"渊明《停云》、《时运》等篇,清腴简远,别成一格。"(《说诗晬语》)

就《时运》说，其中的"有风自南，翼彼新苗"等句，和五言诗的"平畴交远风，良苗亦怀新"，它们的风格几无二致。

这首诗寓意深远，发人深思，但全篇在艺术上的成就并不高，远不如《停云》和《归鸟》。四言诗发展到晋代，已经到了尾声，以渊明的天才，也不能有更多的创新和发展，他在五言诗中，才取得了辉煌的成就。

自然真率的诗

——《答庞参军》

三复来贶，欲罢不能，自尔邻曲，冬春再交；款然良对，忽成旧游，俗颜云"数面成亲旧"，况情过此者乎？人事好乖，便当语离；杨公所叹，岂惟常悲？吾抱疾多年，不复为文，本即不丰，复老病继之；辄依周礼往复之义，且为别后相思之资。

相知何必旧，倾盖定前言。
有客赏我趣，每每顾林园。
谈谐无俗调，所说圣人篇。
或有数斗酒，闲饮自欢然。
我实幽居士，无复东西缘。
物新人惟旧，弱毫多所宣。
情通万里外，形迹滞江山。
君其爱体素，来会在何年？

陶渊明的朋友，有政治上的人物，有高僧隐士，也有乡邻中的一些农民。在政治上的人物中，官位较高而交情深的是颜延之；也有一些官职较低的朋友，非故交而能相知，有诗相互酬和，如庞参军、丁柴桑、戴主簿、郭主簿、羊长史、张常侍等人。庞参军的事迹不详，并遗其名，只知他是江州刺史王宏的参军。渊明有《答庞参军》二首，一为五言，一为四言，都作于宋废帝景平元年（423），渊明五十九岁时。

这年春天，庞参军奉王宏之命，以浔阳（当时王宏镇浔阳）出使江陵；有诗赠渊明，渊明写了一首五言诗作答。当时宋文帝刘义隆正做宜都王，以荆州刺史镇江陵。这年的冬天，庞参军又奉宜都王的命令，以江陵出使京师建康，路过浔阳；有诗见赠，渊明又作了一首四言诗酬答。本篇是春天作的那首五言诗。

《答庞参军》是酬答庞参军赠诗并为他惜别送行的。陶渊明是伟大的诗人，又是杰出的散文家。原诗有序，日本近藤元粹说："序文简净，自是小品佳境。"（《评订陶渊明集》卷二）序里的思想和感情都经过提炼净化，用朴素简洁的语言表现出来，达到简净的境界，的确是一篇很好的小品。特别是前面几句："三复来贶，欲罢不能。自尔邻曲，冬春再交；款然良对，忽成旧游，俗颜云'数面成亲旧'，况情过此者乎？人事好乖，便当语离；杨公所叹，岂惟常悲？"追叙他们过的交往，惜别情深，低徊往复，很能感动人。

诗这样开始："相知何必旧，倾盖定前言。"渊明和庞参军并非旧识，因为是邻居，常诚挚亲切地交谈，只不过一年多时间，便俨然成了旧交。其所以这样，就因为彼此相知；这就证实了《史记·邹阳传》中邹阳狱中上书所说的话："颜曰：'有白头如新，倾盖如故'，何则？知与不知也。"

"有客赏我趣，每每顾林园。"这位客人就是庞参军，他赏识渊明的志趣。他们所以能够相识，恐怕主要在于在志趣上是彼此接近的。渊明在那首四言体的《答庞参军》中说了："不有同爱，云胡以亲？我求良友，实觏怀人。欢心孔洽，栋宇惟邻。"

"谈谐无俗调，所说圣人篇。"渊明受儒家的影响是较深的，他和庞参军所谈论的，都是儒家的经典（"圣人书"）。他在诗文里，每每提到自己爱读儒家的经书，例如，"诗书敦宿好"（《辛丑岁七月赴假还江陵夜行涂口》），"游好在六经"（《饮酒》）；他也说起自己要遵循儒家经书的教导："先师遗训，余岂之坠"（《荣木》），"师圣人之遗书"（《感士不遇赋》）。

渊明很穷，不一定有酒；间或有几斗酒，就和庞参军安闲地品尝，自然都很欢愉。

以上这一段是渊明回忆庞参军时常来访，亲切交谈，接杯酒之欢，就成了旧游的情景。下面这一段就写惜别送行。

临时自然要谈谈心。"我实幽居士，无复东西缘。"也许是庞参军劝渊明再出去做官吧，他婉言谢绝了。渊明四十一岁就辞官归田，到此时已经五十九岁，再也没有东西奔走求官的意愿，他就爱这点隐居的乐趣："衡门之下，有琴有书。载弹载咏，爰得我娱。岂无他好，乐是幽居。朝为灌园，夕偃蓬庐。"（《答庞参军》，四言）

诗笔随即转到庞参军离去以后，"物新人惟旧"，物新，万物更新。此比喻刘裕篡位，晋朝改成了宋朝。"人惟旧"，人是旧相识好，渊明和庞参军还是旧游呢！在这两句诗里，他对晋朝似乎怀着眷恋的感情。"弱毫多所宣"，弱毫指笔，宣即表达。这句的意思，是希望庞参军以后多写信来。

"情通万里外，形迹滞江山"，承接上句。在万里以外，感情可以借书信传达，虽然人（"形迹"）被江山阻隔，是不得相见的。这两句借"万里外"和江山的形象，传出了渊明对庞参军思念的深情。

"君其爱体素，来会在何年？"诗就这样结束了。庞参军身在官场，风浪很多，渊明在《答庞参军》那首四言诗里，曾劝他"敬兹良辰，以保尔躬"，同时渊明已经年老，抱病多年，所以"君其爱体素，来会在何年"两句，蕴涵着很深的惜别的感情，也有不少感慨，可不是泛泛地期望以后能够再见。

《答庞参军》是一首很好的诗。粗略读过，也许感到它平易亲切，不难理解，但所能把握住的却往往只是其中词句的表面意义。要反复阅读，仔细探索，才能发现其中深远的涵义和艺术美，才能发觉平易的字句间有一片热烈诚挚的深情，撼动人的心弦。

陈明祚说得好：《答庞参军》（五古）"殊有款款之情，物新人旧，涉笔便不能忘"（《采菽堂古诗选》卷十三）。指出了这首诗的价值。温汝能也说："至其与人款接，赠答之什，自有一种深挚不可忘处。"（《陶诗汇评》卷二）这首诗为什么能这样感人呢？首先在于渊明在诗里注入了他热烈诚挚的深情，注入了他的品质、性格，注入了他的整个心灵；此外，还有赖于诗的技巧。诗写得真率自然，自首至尾，好像是有渊明面对即将离去的老朋友披心畅谈似的。一开头就说："相知何必旧，倾盖定前言。"说得真率而又委婉。接着就畅谈他们结识以来的情谊："有客赏我趣，每每顾林园。谈谐无俗调，所说圣人篇。或有数斗酒，闲饮自欢然。"渊明和老朋友谈起话来，是那么自在，无拘无束；用的语言也是那么平易自然，接近口语。这样写来，多么自然真率啊。这里面也就呈现出渊明的热情、坦率、真挚的性格。他不说旧游常来访，而说"有客赏我趣，每每顾林园。"多么有风趣！这就又透露出渊明性格的另一面——幽默。

渊明这一片热烈诚挚的深情，又那么自然真率地表现出来，情真意切，娓娓而谈，显露出他的性格，使人感到特别亲切，不能不被它所感动而难于忘却。

如果说前面这一段的情调是热烈明快的，那么惜别送行这一段就显得有些忧郁而深沉。在表现方法上，前一段回忆他们过去的交游，真挚自然而有风趣；后一段惜别送行，就比较含蓄，意义更为深远。若论艺术感染力，则后一段比前一段更深化、更热烈一些。

朱自清说诗三篇

诗的语言

一、诗是语言

普通人多以为诗是特别的东西，诗人也是特别的人。于是总觉得诗是难懂的，对它采取干脆不理的态度，这实在是诗的一种损失。其实，诗不过是一种语言，精粹的语言。

（一）**诗先是口语** 最初诗是口头的，初民的歌谣即是诗，口诗的歌谣，是远在记录的诗之先的，现在的歌谣还是诗。今举对唱的山歌为例："你的山歌没得我的山歌多，我的山歌几箩筐。箩筐底下几个洞，唱的没有漏的多。""你的山歌没得我的山歌多，我的山歌牛毛多。唱了三年三十月，还没唱完牛耳朵。"

两边对唱，此歇彼继，有挑战的意味，第一句多重复，这是诗；不过是较原始的形式。

（二）**诗是语言的精粹** 诗是比较精粹的语言，

但并不是诗人的私语，而是一般人都可以了解的。如
李白《静夜思》：

> 床前明月光，疑是地上霜。
> 举头望明月，低头思故乡。

这四句诗很易懂。而且千年后仍能引起我们的共鸣。
因为所写的是"人"的情感，用的是公众的语言，而不
是私人的私语，孩子们的话有时很有诗味，如：

> 院子里的树叶已经巴掌一样大了，爸爸什么时
> 候回来呢？

这也见出诗的语言并非诗人的私语。

二、诗与文的分界

（一）形式不足尽凭　从表面看，似乎诗要押韵，有
一定形式。但这并不一定是诗的特色。散文中有时有诗。
诗中有时也有散文。

前者如：

历览前贤国与家，成由勤俭破由奢。（李商隐）

向你倨，你也不削一块肉；向你恭，你也不长
一块肉。（傅斯年）

后者如：

暮春三月，江南草长，杂花生树，群莺乱飞。（丘
迟）

我们最当敬重的是疯子，最当亲爱的是孩子，
疯子是我们的老师，孩子是我们的朋友。我们带着
孩子，跟着疯子走向光明去。（傅斯年）

颂美黑暗。讴歌黑暗。只有黑暗能将这一切都
消灭调和于虚无混沌之中。没有了人，没有了我，
更没有了世界。（冰心）

上面举的例子，前两个，虽是诗，意境却是散文的。
后三个虽是散文，意境却是诗的。又如歌诀，虽具有诗
的形式，却不是诗。如：

平声平道莫低昂，上声高呼猛烈强，去声分明
哀远道，入声短促急收藏。

谚语虽押韵，也不是诗。如：

> 病来一大片，病去一条线。

（二）题材不足限制　题材也不能为诗、文的分界，"五四"时代，曾有一回"丑的字句"的讨论。有人主张"洋楼"、"小火轮"、"革命"、"电报"……不能入诗；世界上的事物，有许多许多——无论是少数人的，或多数人所习闻的事物——是绝对不能入诗的。但他们并没有从正面指出哪些字句是可以入诗的，而且上面所举出的事物未尝不可入诗。如邵瑞彭的词：

> 电掣灵蛇走，云开怪蜃沉，烛天星汉压潮音，十美灯船，摇荡大珠林。（《咏轮船》）

这能说不是"诗"吗？

（三）美无定论　如果说"美的东西是诗"，这句话本身就有语病；因为不仅是诗要美，文也要美。

大概诗与文并没有一定的界限，因时代而定。某一时代喜欢用诗来表现，某一时代却喜欢用文来表现。如，宋诗之多议论，因为宋代散文发达；这种发议论的诗也是诗。白话诗，最初是抒情的成分多，而抗战以后，则散文的成分多，但都是诗。现在的时候还是散文时代。

三、诗缘情

诗是抒情的。诗与文的相对的分别，多与语言有关。诗的语言更经济，情感更丰富。达到这种目的的方法：

（一）**暗示与理解**　用暗示，可以从经济的字句，表示或传达出多数的意义来，也就是可以增加情感的强度。如辛稼轩的词：

> 将军百战身名裂，向河梁，回头万里，故人长绝。易水萧萧西风冷，满座衣冠似雪。正壮士悲歌未彻。

这词是辛稼轩和他兄弟分别时作的，其中所引用的两个别离的故事之间没有桥梁；如果不懂得故事的意义，就不能把它们凑合起来，理解整个儿的意思，这里需要读者自己来搭桥梁，来理解它。又如朱熹的《观书有感》：

> 半亩方塘一鉴开，天光云影共徘徊。
> 问渠那得清如许，为有源头活水来。

也完全是用暗示的方法，表示读书才能明理。

（二）**比喻与组织**　从上段可以看出，用比喻是最经济的办法，一个比喻可以表达好几层意思。但读诗时，往往会觉得比喻难懂。比喻又可分：

1. 人事的比喻：比较容易懂。

2. 历史的比喻：（典故）比较难懂。

新诗中用比喻的例子，卞之琳《音尘》：

> 绿衣人熟稔的按门铃，
>
> 就按在住户的心上；
>
> 是游过黄海来的鱼？
>
> 是飞过西伯利亚来的雁？
>
> "翻开地图看"这人说。
>
> 他指示我他所在的地方，
>
> 是那条虚线旁那个小黑点。
>
> 如果那是金黄的一点，
>
> 如果我的坐椅是泰山顶，
>
> 在月夜，我要猜你那儿，
>
> 准是一个孤独的火车站。
>
> 然而我正对着一本历史书，
>
> 西望夕阳里的咸阳古道，
>
> 我等到了一匹快马的蹄音。

在这首诗里，作者将那个小黑点形象化，具体化，用了"鱼"和"雁"的典故。又用了"泰山"和"火车站"作比喻，而"夕阳""古道"，来自李白《忆秦娥》："乐游原上清秋节，咸阳古道音尘绝，音尘绝，西风残照，汉家陵阙"，也是一种比喻，用古人的伤别的情感嘛自己的情感。

诗中的比喻有许多是诗人自己创造出来的，他们从经验中找出一些新鲜而别致的东西来作比喻的。如：

陈散原先生的"乡县酱油应染梦"，"酱油"亦可创造比喻。可见只要有才，新警的比喻是俯拾即是的。

四、组织

（一）**韵律**　诗要讲究音节，旧诗词中更有人主张某种韵表示某种情感者，如周济《宋四家词选·叙论》：

> 阳声字多则沉顿，阴声字多则激昂，重阳间一阴，则柔而不靡，重阴间一阳，则高而不危。
> 东、真韵宽平，支、先韵细腻，鱼、歌韵缠绵，萧、尤韵感慨，各具声响。

（二）**句式的复沓与倒置**　因为诗是发抒情感的，而情感多是重复迂回的，如古诗十九首：

> 行行重行行，与君生别离。
> 相去万余里，各在天一涯。
> 道路阻且长，会面安可知……

这几句都表示同一意思——相隔之远，可算一种复沓。句式的复沓又可分字重与意重。前者较简单，后者较复杂。歌谣与故事亦常用复沓，因为复沓可以加强情调，且易于记诵。如李商隐诗：

> 君问归期未有期，巴山夜雨涨秋池。
> 何当共剪西窗烛，却话巴山夜雨时。

这也是复沓，但比较的曲折了。

新诗如杜运燮《滇缅公路》：

> ……路永远使我们兴奋，
> 都未歌唱呵，
> 这是重要的日子，
> 幸福就在手头。
> 看它，

风一样有力，

航行绿色的田野，

蛇一样轻灵，

从茂密的草木间盘上高山的背脊，

飘在云流中，

而又鹰一般敏捷，

画几个优美的圆弧，

降落下箕形的溪谷，

倾听村落里安息前欢愉的匆促，

轻烟的朦胧中。

溢着亲密的呼唤，

人性的温暖。

有时更懒散，

沿着水流缓缓走向城市，

而就在粗糙的寒夜里，

荒冷向空洞，

也一样负着全民族的食粮，

载重车的黄眼满山搜索，

搜索着跑向人民的渴望；

沉重的橡皮轮不绝的滚动着，人民兴奋的脉搏，

每一块石子一样，

觉得为胜利尽忠而骄傲：

微笑了，在满足向微笑着的星月下面，微笑了，
在豪华的凯旋日子的好梦里……

一方面用比喻使许多事物形象化，具体化；一方面写全
民族的情感，仍不离诗的复沓的原则，复沓的写民族抗
战的胜利。

句式之倒置：在引起注意。如：

竹喧归浣女。

（三）**分行** 分行则句子的结构可以紧凑一点，可以
集中读者的边际注意。

诗的用字须经济。如王维的：

大漠孤烟直，长河落日圆。

十字，是一幅好画，但比画表现得多，因为这两句诗中
的"直""圆"是动的过程，画是无法表现的。

五、传达与了解

（一）**传达是不完全的** 诗虽不如一般人所说的难

懂，但表达时，不是完全的。如比喻，或用典时往往不能将意思或情感全传达出来。

（二）**了解也是不完全的** 因为读者读诗时的心情，和周遭的情景，对读者对诗的了解都有影响。往往因心情或情景的不同，了解也不同。

诗究竟是不是如一般人所说的带有神秘性，有无限可能的解释呢？这是很不容易回答的。但有一点可以说：我们不能离开字句及全诗的连贯去解释诗。

（在昆明西南联合大学师范学院讲，姚殿芳、叶兢耕记录，《国文月刊》，一九四一年）

诗多义举例

　　了解诗不是件容易事，俞平伯先生在《诗的神秘》[①]一文中说得很透彻的。他所举的"声音训诂""大义微言""名物典章"，果然都是难关；我们现在还想加上一项，就是"平仄黏应"，这在近体诗很重要而懂得的人似乎越来越少了。不过这些难关，全由于我们知识不足；大家努力的结果，知识在渐渐增多，难关也可渐渐减少——不过有些是永远不能渡过的，我们也知道。所谓努力，只是多读书，多思想。

　　就一首首的诗说，我们得多吟诵，细分析；有人想，一分析，诗便没有了，其实不然。单说一首诗"好"，是不够的，人家要问怎么个好法，便非先做分析的工夫不成。譬如《关雎》诗罢，你可以引《毛传》，说以雎鸠的"挚而有别"来比后妃之德，道理好。毛公原只是"章句之学"，并不想到好不好上去，可是他的方法是分

————

　　① 《杂拌儿之二》。

析的，不管他的分析的结果切合原诗与否。又如金圣叹评杜甫《阁夜》诗①，说前四句写"夜"，后四句写"阁"，"悲在夜"，"愤在阁"，不管说的怎么破碎，他的方法也是分析的。从毛公《诗传》出来的诗论，可称为比兴派；金圣叹式的诗论，起源于南宋时，可称为评点派。现在看，这两派似乎都将诗分析得没有了，然而一向他们很有势力，很能起信，比兴派尤然；就因为说得出个所以然，就因为分析的方法少不了。

语言作用有思想的、感情的两方面：如说"他病了"，直叙事实，别无涵义，照字面解就够，所谓"声音训诂"，属于前者。但如说"他病得九死一生"，"九死一生"便不能照字直解，只是"病得很重"的意思，却带着强力的情感，所谓"大义微言"，属于后者②。诗这一种特殊的语言，感情的作用多过思想的作用。单说思想的作用（或称文义）吧，诗体简短，拐弯儿说话，破句子，有的是，也就够捉摸的；加上情感的作用，比喻、典故，变幻不穷，更是绕手。

还只有凭自己知识力量，从分析下手。可不要死心

① 《唱经堂杜诗解》。
② 参看李安宅编《意义学》中论"意义之意义"一节。

眼儿，想着每字每句每篇只有一个正解；固然有许多诗是如此，但是有些却并不如此。不但诗，平常说话里双关的也尽有。我想起个有趣的例子。前年燕京大学抗日会在北平开过一爿金利书庄，是顾颉刚先生起的字号。他告诉我"金利"有四个意思：第一，不用说是财旺；第二，金属西，中国在日本西，是说中国利；第三，用《易经》"二人同心，其利断金"的话；第四，用《左传》"磨厉以须"的话，都指对付日本说。又譬如我本名"自华"，家里给我起个号叫"实秋"，一面是"春华秋实"的意思，一面也因算命的说我五行缺火，所以取个半边"火"的"秋"字。这都是多义。

回到诗，且先举个小例子。宋黄彻《䂬溪诗话》里论"作诗有用事（典故）出处，有造语（句法）出处"，如杜甫《秋兴》诗之三"五陵衣马自轻肥"，虽出《论语》，总合其语，乃范云①"裘马悉轻肥"。《论语·雍也》篇"乘肥马，衣轻裘"，指公西赤的"富"面言；范云句见于《赠张徐州谡》诗，却指的张徐州的贵盛，与原义小异。杜甫似乎不但受他句法影响；他这首诗上句云，"同学少年多不贱"，原来他用"衣马轻肥"也是形容贵盛的。改"裘""马"为"衣""马"，却是他有

————————

① 原作"潘岳"，误。

意求变化。至于这两句诗的用意，看来是以同学少年的得意反衬出自己的迂拙来。仇兆鳌《杜诗详注》说，"曰'自轻肥'，见非己所关心"①。多义中有时原可分主从，仇兆鳌这一解照上下文看，该算是从意。至于前例，主意自然是"财旺"，因为谁见了那个字号，第一想到的总该是"财旺"。

多义也并非有义必收：搜寻不妨广，取舍却须严；不然，就容易犯我们历来解诗诸家"断章取义"的毛病。断章取义是不顾上下文，不顾全篇，只就一章、一句甚至一字推想开去，往往支离破碎，不可究诘。我们广求多义，却全以"切合"为准；必须亲切，必须贯通上下文或全篇的才算数。从前笺注家引书以初见为主，但也有一个典故引几种出处以资广证的。不过他们只举其事，不述其义；而所举既多简略，又未必切合。所以用处不大。去年暑假，读英国 Empson 的《多义七式》（*Seven Types of Ambiguity*），觉着他的分析法很好。可以试用于中国旧诗。现在先选四首脍炙人口的诗作例子；至于分别程式，还得等待高明的人。

---

① 钱谦益《笺注》："旋观'同学少年'、'五陵衣马'，亦'渔人'、'燕子'（均见原诗）之俦侣耳，故以'自轻肥'薄之。"

一、古诗一首

行行重行行，与君生别离。

相去万余里，各在天一涯。

道路阻且长，会面安可知。

胡马依北风，越鸟巢南枝。

相去日已远，衣带日已缓。

浮云蔽白日，游子不顾反。

思君令人老，岁月忽已晚。

弃捐勿复道，努力加餐饭。

胡马依北风，越鸟巢南枝。

一、《文选》李善注引《韩诗外传》曰："诗曰'代马依北风，飞鸟栖故巢'，皆不忘本之谓也。"

二、徐中舒《古诗十九首考》①："《盐铁论·未通》篇：'故代马依北风，飞鸟翔故巢，莫不哀其生。'"

三、又："《吴越春秋》：'胡马依北风而立，越燕望海日而熙，同类相亲之意也。'"

四、张庚《古诗十九首解》："一以紧承上'各在天

---

① 《国立中山大学语言历史研究所周刊》六十五期。

一涯'，言北者自北，南者自南，永无相见之期。"

五、又："以依北者北，巢南者南，凡物各有所托。遥伏下思君云云，见己之身心，惟君子是托也。"

六、又："三以依北者不思南，巢南者不思北，凡物皆恋故土，见游子当返，以起下'相去日已远'云云。"

照近年来的讨论，《古诗十九首》作于汉末之说比较可信些，那么便在《吴越春秋》之后了。前三义都可采取。比喻的好处就在弹性大；像这种典故，因经过多人引用，每人略加变化，更是涵义多。一但这个典故的涵义，当时已然饱和，所以后人用时得大大改样子：像陶渊明《归园田居》里的"羁鸟恋旧林，池鱼思故渊"，以"返自然"的意思为主，面目就不同。陶以后大概很少人用这种句法了。——本诗中用这个典故，也有点新变化，便是属对工整。（六）的"恋故土"，原也是"不忘本"的一种表现。但下文所说，确定本诗是居者之辞，这一层以后还须讨论。（四）、（五）以胡马越鸟表分居南北之意。但（一）、（二）、（三）看，这两件事原以比喻一个理；所以要用两件事，为的是分量重些，骈语的气势也好些，诸子中便常有这种句法。（四）、（五）两说，违背古来语例，不足取。

相去日已远，衣带日已缓。

一、《古乐府歌诗》①："……胡地多飚风，树木何修修。离家日趋远，衣带日趋缓。心思不能言，肠中车轮转。"

二、张《解》："'相去日已远'以下言久也。……'远'字若作'远近'之'远'，与上文'相去万余里'复矣。惟相去久，故思亦久，以致衣带缓。带缓伏下'加餐'。"

《古乐府歌诗》不知在本诗前后；若在前，"离家"二句也许是"相去"二句所从出。那么从"胡地"句一直看下去，本诗是行者之辞了。但因下文"思君令人老"二句，又觉得不必然，详后。"相去"句若从"离家"句出来，"远"字自然该指"远近"；可是张解也颇切合，"远"字也许是双关，与下文"岁月忽已晚"句呼应。不过主意还该是"远近"罢了。至于与"相去万余里"重复，却毫不足为病。复沓原是古诗技巧之一；而此处更端另起，在文义和句法上复沓一下，也可以与上文扣得紧些。"带缓伏下'加餐'"，容后再论。

浮云蔽白日，游子不顾反。

一、《文选》李善注："浮云之蔽白日，以喻邪佞之

毁忠良，故游子之行，不顾反也。《古杨柳行》曰：'谗邪害公正，浮云蔽白日。'义与此同也。"

二、刘履《选诗补注》："游子所以不复顾念还返者，第以阴邪之臣上蔽于君，使贤路不通，犹浮云之蔽白日也。"

三、朱筠河《古诗十九首说》（徐昆笔述）："浮云二句，忠厚之极。'不顾返'者，本是游子薄悻，不肯直言，却托诸浮云蔽日。言我思子而不思归，定有谗人间之，不然，胡不返耶?"

四、张《解》："此臣不得于君而寓言于远别寓也。……白日比游子，浮云比谗间之人。……见游子之心本如白日，其不思返者，为谗人间之耳。"

四说都以"浮云蔽日"为比喻，所据的是《古杨柳行》，今已佚。而（一）、（二）以本诗为行者（逐臣）之辞，（三）、（四）却以为居者（弃妻）之辞。浮云蔽日是比而不是赋，大约可以相信。与古诗时代相去不久的阮籍《咏怀》诗中有云："单帷蔽皎日，高树隔微声，谗邪使交疏，浮云令昼暝。"徐中舒先生《古诗考》里说也是用的《古杨柳行》的意思，可见《古杨柳行》不是一首生僻的乐府，本诗引用其语，是可能的。固然，我们还没有确证，说这首乐府的时代比本诗早；不过就句意说，乐府显而本诗晦。自然以晦出于显为合理些。解为逐臣之辞，在本诗也可贯通；但古诗别首似乎就没有用"比兴"的，因此此解还不一定切合。——《涉江采芙蓉》一首全用《楚辞》①，也许有点逐臣的意思，但那是有意隐括，又当别论。解为弃妻之辞，因"思君令人老"一句的关系，可得《冉冉孤生竹》一首作旁证，又"游子"句与《青青河畔草》的"荡子行不归"相仿佛，也可参考，似乎理长些。那么，"浮云蔽日"所比喻的，也将因全诗解法不同而异。

　　思君令人老，岁月忽已晚。

　　一、《古诗》之八《冉冉孤生竹》有云："思君令人老，轩车来何迟。……君亮执高节，贱妾亦何为。"张《解》："身固未尝老，思君致然，即《诗》所谓'维忧用老'也。"

　　二、朱《说》："'思君令人老'，又不止于衣带缓矣。'岁月忽已晚'，老期将至，可堪多少别离耶！"

　　三、张《解》："思君二句承衣带缓来；己之憔悴，有似于老，而实非衰残，只因思君使然。然屈指从前岁月，亦不可不云晚矣。"

　　《冉冉孤生竹》明是弃妇之辞，其中"思君令人老"

────────────

　　① 此俞平伯先生说。

一句，可以与本诗参证。"维忧用老"是《小雅·小弁》诗语。《小弁》诗的意思还不能确说，朱熹以为是周幽王太子宜臼被逐而作；那么与本诗"逐臣"一解，便有关联之处。但《冉冉孤生竹》里"思君"一句，虽用此语（直接或间接），却只是断章取义；本诗用它或许也是这样。想以此证本诗为逐臣之辞，是不够的。"岁月晚"，（二）、（三）都解为久，与上文"相去日已远""思君令人老"呼应，原也切合；但主意怕还近于《东城高且长》中"岁暮一何速"一句。杜甫《送远》诗有"草木岁月晚"语，仇兆鳌注正引本诗，可供旁参。

弃捐勿复道，努力加餐饭。

一、朱《说》："日月易迈，而甘心别离，是君之弃捐我也。'勿复道'是决词，是恨语……下却转一语曰：'努力加餐饭'，恩爱之至，有加无已，真得《三百篇》遗意。"

二、张《解》："弃捐二句……言相思无益，徒令人老，曷若弃捐勿道，且'努力加餐'庶几留得颜色，以冀他日会面也。"

俞平伯先生以陆士衡拟作中"去去遗情累"，及他诗中类似的句子证明弃捐句当从张解。这是主动、被动的分别，是个文法习惯问题。至于"努力加餐饭"，张以为就是那衣带缓的弃妇（张以为比喻逐臣），却不是的。蔡邕（？）《饮马长城窟行》末云："长跪读素书，书中竟何如？上有'加餐食'，下有'长相忆'。"可见"加餐食"是勉人的话，——直到现在，我们写信偶然还用。《史记·外戚世家》："〔卫〕子夫上车，平阳主拊其背曰：'行矣，强饭，勉之；即贵毋相忘。'""强饭"与"加餐食"同意。——解作自叙，是不切合的。

二、陶渊明《饮酒》一首

结庐在人境，而无车马喧。
问君何能尔？心远地自偏。
采菊东篱下，悠然见南山。
山气日夕佳，飞鸟相与还。
此中有真意，欲辩已忘言。

结庐在人境，而无车马喧。
问君何能尔？心远地自偏。

王康琚《反招隐》诗云："小隐隐陵薮，大隐隐朝市；伯夷窜首阳，老聃伏柱史。"渊明之隐，在此二者之外另成一新境界。但《庄子·让王》："中山公子牟谓瞻子曰：'身在江海之上，心居乎魏阙之下，奈何！'"渊明或许反用其意，也未可知。后来谢灵运《斋中读书》诗云："昔余游京华，未尝废丘壑。矧乃归山川，心迹双寂寞。"迹寄京华，心存丘壑，反用《庄子》语意，可为旁证。但陶咏的是境因心远而不喧，与谢的迹喧心寂还相差一间。

采菊东篱下。

吴淇《选诗定论》说："采菊二句，俱偶尔之兴味。东篱有菊，偶尔采之，非必供下文佐饮之需。"这大概是古今之通解。渊明为什么爱菊呢？让他自己说："芳菊开林耀，青松冠岩列；怀此贞秀姿，卓为霜下杰。"（《和郭主簿》之二）我们看钟会的《菊赋》："故夫菊有五美焉：……冒霜吐颖，象劲直也。……"可见渊明是有所本的。但钟会还有"流中轻体，神仙食也"一句，菊花是可以吃的。渊明自己便吃，《饮酒》之七云："秋菊有佳色，裛露掇其英；泛此忘忧物，远我遗世情。"可见是一面赏玩，一面也便放在酒里喝下去。这也有来历，"泛流英于清醴，似浮萍之随波。"见于潘尼《秋菊赋》。喝菊花酒也许还有一定的日子。渊明《九日闲居》诗序："秋菊盈园而持醪靡由，空服九华。"诗里也说："酒能祛百虑，菊解制颓龄……尘爵耻虚罍，寒花徒自荣。"似乎只吃花而没喝酒，很是一桩缺憾。这个风俗也早有了。

魏文帝《九日与钟繇书》里说："至于芳菊，纷然独荣。非夫含乾坤之纯和，体芬芳之淑气，孰能如此。故屈平悲冉冉之将老，思'餐秋菊之落英'。辅体延年，莫斯之贵。谨奉一束，以助彭祖之术。"再早的崔寔《四民月令·九月》也记着"九日可采菊花"的话。照这些情形看，本诗的"采菊"，也许就在九日，也许是"供佐饮之需"；这种看法，在今人眼里虽然有些杀风景，但是很可能的。九日喝菊花酒，在古人或许也是件雅事呢。

　　此中有真意，欲辩已忘言。

　　一、《文选》李善《注》："《楚辞》曰：'狐死必首丘，夫人孰能反其真情？'王逸《注》曰：'真，本心也。'"

　　二、又："《庄子》曰：'言者，所以在意也，得意而忘言。'"

　　三、古直《陶靖节诗笺》："《庄子·齐物论》：'辩也者，有不辩也。''大辩不言。'"

　　渊明《始作镇军参军经曲阿作》云："目倦川涂异，心念山泽居。望云惭高鸟，临水愧游鱼。真想初在襟，谁谓形迹拘。聊且凭化迁，终返班生庐。""真意"就是"真想"；而"真"固是"本心"，也是"自然"。《庄子·渔父》："礼者，世俗之所为也。真者，所以受于天也，自然不可易也。故圣人法天贵真，不拘于俗。愚者反此，不能法天而恤于人，不知贵真，禄禄而受变于俗，故不足。"渊明所谓"真"，当不外乎此。

三、杜甫《秋兴》一首

昆明池水汉时功，武帝旌旗在眼中。
织女机丝虚夜月，石鲸鳞甲动秋风。
波漂菰米沉云黑，露冷莲房坠粉红。
关塞极天唯鸟道，江湖满地一渔翁。

《秋兴》：

一、钱谦益《笺注》："殷仲文〔《南州桓公九并作》〕诗云：'独有清秋日，能使高兴尽。'"

二、又："潘岳《秋兴赋》序云：'于时秋也，遂以名篇。'"

三、仇兆鳌《注》："黄鹤、单复俱编在〔代宗〕大历元年……〔时〕在夔州。"

（一）、（二）都只说明诗题的来历，杜所取的当只是"利兴"的文义而已。

昆明池水汉时功，武帝旌旗在眼中。

一、钱《笺》："《西京杂记》：'昆明池中有戈船、楼船各数百艘。楼船上建楼橹，戈船上建戈矛，四角悉垂幡旄，旍葆麾盖，照灼涯涘。余少时犹忆见之。'"

二、钱《笺》："旧笺谓借汉武以喻玄宗，指〔《兵车行》〕'武皇开边'为证。玄宗虽兴兵南诏，未尝如武帝穿昆明以习战，安得有'旌旗在眼'之语？……今谓'昆明'一章紧承上章'秦中自古帝王州'一句而申言之。""汉朝形胜莫壮于昆明，故追隆古则特举'昆明'，曰'汉时'，曰'武帝'，正克指'自古帝王'也。此章盖感叹遗迹，企想其妍丽，而自伤远不得见。"

三、仇《注》："此云'旌旗在眼'，是借汉言唐。若远谈汉事，岂可云'在眼中'乎？公《寄岳州贾司马》诗：'无复云台仗，虚修水战船。'则知明皇曾置船于此矣。"

玄宗既无修水战船之事，《寄岳州贾司马》诗"虚修"一语，只是"未修"之意。仇以此注本诗，却又以本诗注《寄贾司马》诗，明是丐词。《兵车行》"武皇开边"一语，上下文都咏时事，确是借喻，与本诗不同。钱义自长，但说本诗紧承上章，却未免太看重连章体了。中国诗连章体，除近人所作外，就没有真正意脉贯通的；解者往往以己意穿凿，与"断章取义"同为论诗之病。其实若只用"秦中"句做本诗注脚，倒是颇切合的。又仇论"在眼中"一语，也太死，不合实际情形。

织女机丝虚夜月，石鲸鳞甲动秋风。

一、钱《笺》："《汉宫阙疏》：'昆明池有二石人牵牛织女象。'《西京杂记》：'昆明池刻玉石为鱼。每至雷雨，鱼常鸣吼，鳍尾皆动。'"

二、杨慎《升庵诗话》："隋任希古《昆明池应制诗》曰：'回眺牵牛渚，激赏镂鲸川。'便见太平宴乐气象。今一变云：'织女……秋风'，读之则荒烟野草之悲见于言外矣。"

三、钱《笺》："〔杨〕亦强作解事耳。叙昆明之胜者，莫如孟坚（《西都赋》）、平子（《西京赋》）。一则曰：'集乎豫章之馆，临乎昆明之池，左牵牛而右织女，若云汉之无涯。'一则曰：'豫章珍馆，揭焉中峙，牵牛立其左，织女处其右，日月于是乎出入，象扶桑与濛汜。'此用修（慎）所夸盛世之文也。余谓班、张以汉人叙汉事，铺陈名胜，故有云汉日月之言，公以唐人叙汉事，摩挲陈迹，故有机丝夜月之词，此立言之体也。何谓彼颂繁华而此伤丧乱乎？"

四、仇《注》："织女二句记池景之壮丽。"

"丧乱"指长安经安史之乱而言。钱说引了班、张赋语，杜的"摩挲陈迹"，才确实觉得有意义。但"夜月"、"秋风"等固然是实写秋意，确也令人有"荒烟野草之悲"。专取钱说，不顾杜甫作诗之时，未免有所失；不如以秋意为主，而以钱、杨二义从之。至于仇说的"壮丽"，却毫无本句及上下文的根据。

波漂菰米沉云黑，露冷莲房坠粉红。

一、钱《笺》："《西京赋》：'昆明灵沼，黑水玄阯。'〔李〕善曰：'水色黑，故曰玄阯也。'"

二、仇《注》："鲍照〔《苦雨》〕诗：'沉云日夕昏。'"

三、仇《注》："王褒〔《送刘中书葬》〕诗：'塞近边云黑。'"

四、钱《笺》："赵〔次公〕《注》曰：'言菰米之多，黯黯如云之黑也。'"

五、钱《笺》："昌黎《曲江荷花行》云：'问言何处芙蓉多，撑舟昆明渡云锦。'注云：'昆明池周回四十里，芙蓉之盛，如云锦也。'"

六、《升庵诗话》："《西京杂记》云：'太液池中有雕菰，紫箨绿节，凫雏雁子，唼喋其间。'《三辅黄图》云：'宫人泛舟采莲，为巴人棹歌'，便见人物游嬉，宫沼富贵。今一变云，'波漂……粉红'，读之则菰米不收而任其沉，莲房不采而任其坠，兵戈乱离之状具见矣。"

七、钱《笺》："菰米莲房，补班、张铺叙所未见。'沉云'、'坠粉'，描画索秋景物，居然金碧粉本。昆池水黑……菰米沉沉，象池水之玄黑，极言其繁殖也。用修言……不已倍乎！"

八、仇《注》："菰米莲房，逢秋零落，故以兴己之漂流衰谢耳。"

钱解上句，合李、赵为一，正是所谓多义，但赵义自是主；鲍、王诗也当参味。杨引《西京杂记》、《三辅黄图》语，全与昆明无涉，所说"一变"，自不足信。但"漂"、"沉"、"黑"、"露冷"、"坠粉红"等状，虽不见"兵戈乱离"，却也够荒凉寂寞的。这自然也是以写秋意为主，但与《哀江头》里的"细柳新蒲为谁绿"，有仿佛的味道。仇说"菰米莲房，蓬秋零落"，诗中只说莲房零落，菰米却盛。他又说杜"以兴己之漂流衰谢"，照上下文看，诗还只说到长安，隔着夔州还"关塞极天"，如何能"兴"到他自己身上去！

关塞极天唯鸟道，江湖满地一渔翁。

一、《史记·货殖列传》："范蠡……乃乘扁舟，浮于江湖。"

二、陶渊明《与殷晋安别》诗："江湖多贱贫。"

三、仇《注》："陈泽州注：'江'即'江间破浪'

（见《秋兴》第一首），带言'湖'者，地势接近，将赶荆南也。"

四、浦起龙《读杜心解》："'江湖满地'，犹言漂流处处也。"

五、仇《注》："傅玄〔《墙上难为趋行》〕诗："渭滨渔钓翁，乃为周所咨'。"

六、钱《笺》："二句正写所思之况：'关塞极天'，岂非风烟万里（见原第六首），'满地一渔翁'，即信宿泛泛之渔人（见原第三首）耳，上下俯仰，亦'在眼中'。谓公自指'一渔翁'则陋。"

七、仇《注》："陈泽州注：公诗'天入沧浪一钓舟'，'独把钓竿终远去'，皆以渔翁自比。"

八、仇《注》："身阻鸟道而迹比渔翁，以见还京无期，不复睹王居之盛也。"

九、杨伦《杜诗镜铨》："'极天'、'满地'，乃俯仰兴怀之意。"

陈解"江湖"太破碎，当兼用陶诗《史记》义；但他证明"渔翁"乃甫自指，却切实可信。钱说"渔翁"就是原第三首的"渔人"，空泛无据。傅玄诗意，或者带一点儿。钱、仇读下句，似乎都在"湖"字一顿，与上句上四下三不同；但这一联还在对偶，照浦《解》"满地"属上读更自然。"满地"即满处走之意，属上属下原都成，也是个文法问题；但属上读，声调整齐些，属下读，声调有变化些。杨伦语也不切，但"俯仰兴怀"关合天地却好。至于仇说"不复睹王居之盛"，和钱说"感叹遗迹，企想其妍丽，而自伤远不得见"，倒是大致相同；不过照上面所讨论，我想说，"不复睹王居"，"感叹遗迹，而自伤远不得见"，怕要切合些；而这两层也得合在一起说才好。

四、黄鲁直《登快阁》一首

痴儿了却公家事，快阁东西倚晚晴。
落木千山天远大，澄江一道月分明。
朱弦已为佳人绝，青眼聊因美酒横。
万里归船弄长笛，此心吾与白鸥盟。

快阁

一、史容《山谷外集注》："快阁在太和。"

二、高步瀛《唐宋诗举要》："清《一统志》：'江西吉安府：快阁在太和县治东澄江之上，以江山广远，景物清华，故名。'"

三、《年谱》列此诗于神宗元丰六年（西元一〇八三）下，时鲁直知吉州太和县。

痴儿了却公家事，快阁东西倚晚晴。

《晋书·傅咸传》："〔杨〕骏弟济素与咸善，与咸书曰：'江海之流混混，故能成其深广也。天下大器，非可稍了，而相观每事欲了。生子痴，了官事，官事未易了也；了事正作痴，复为快耳。'"这是劝咸"官事"不必察察为明，麻糊点办得了，装点儿傻自己也痛快的。这两句单从文义上看，只是说麻麻糊糊办完了公事，上快阁看晚晴去。但鲁直用"生子痴，了官事"一典，却有四个意思：一是自嘲，自己本不能了公事；二是自许，也想大量些，学那江海之流，成其深广，不愿沾滞在了公事上；三是自放，不愿了公事，想回家与"白鸥"同处；四是自快，了公事而登快阁，更觉出"阁"之为"快"了。

落木千山天远大，澄江一道月分明。

一、杜甫《登高》诗："无边落木萧萧下。"

二、李白《金陵城西楼月下吟》："金陵夜寂凉风发，独上高楼望吴越。……月下沉吟久不归，古今相接眼中稀。解道'澄江净如练'，令人长忆谢玄晖。"

三、周季凤《山谷先生别传》："木落江澄，本根独在，有颜子克复之功。"

"澄江"变为江名，怕是后来的事。不引谢朓而引李白，一则因李咏月下景，与下句合，二则"古今"句咏知音难得，就是下文"朱弦"一联之主意，鲁直大概也是"独上"，与李不无同感。知道李白这首诗，本联与下一联之间才有脉络可寻，不然，前后两截，就觉着松懈些。周说是从这两句也可以见出鲁直胸襟远大，分明有仁者气象，诗有时确是可以观人的；不过一定说"有颜子克复之功"，便不免理学套语。

朱弦已为佳人绝，青眼聊因美酒横。

一、《礼记·乐记》："清庙之瑟，朱弦而疏越（瑟底孔），一唱而三叹，有遗音者矣。"

二、《吕氏春秋·本味》篇："伯牙鼓琴，钟子期听之。方鼓琴而志在太山，钟子期曰：'善哉乎鼓琴，巍巍乎若太山。'少选之间而志在流水，钟子期又曰：'善哉乎鼓琴，汤汤乎若遭水。'钟子期死，伯牙破琴绝弦，终身不复鼓琴，以为世无足复为鼓琴者。"

三、史《注》："用钟期、伯牙事，不知谓谁。"

四、汉武帝《秋风辞》："怀佳人兮不能忘。"《文选》六臣注："佳人，谓群臣也。"

五、赵彦博《今体诗钞注略》："按公《怀李德素》诗：'古来绝朱弦，盖为知音者。'"

六、纪昀《瀛奎律髓刊误》："此佳人乃指知音之人，非妇人也。"

七、《唐宋诗举要》:"《晋书·阮籍传》曰:'籍又能为青白眼。嵇喜来吊,籍作白眼,喜不怿而退。喜弟康闻之,乃赍酒挟琴造焉。籍大悦,乃见青眼。'"

上句用子期、伯牙故事,自然是主意;但"朱弦"影带"一唱三叹有遗音"之意,兼示伯牙琴音之妙,关合这故事的前一半。史说"不知谓谁",是以为"佳人"实有所指;而这个人或已死,或远离,都可能的。但鲁直也许断章取义,只用"世无足复为鼓琴者"一语,以示钟期已往,世无知音;所谓"佳人",便指的钟期自己。这么着,他似乎是说,琴弦已为钟期而绝,今世哪里会有知音呢?青眼的故事与琴和酒都有关合处;鲁直也许是说嵇康的《广陵散》已绝①,世无可加"青眼"之人,"青眼"只好加到美酒上罢了。这两句也许是登临时遐想,也许还带着记事,就是"且喝酒"之意。

万里归船弄长笛,此心吾与白鸥盟。

一、马融《长笛赋》:"可以……写神喻意……溉盥

①《晋书·嵇康传》:"康将刑东市……顾视日影,索琴弹之,曰:'昔袁孝尼尝从吾学《广陵散》,吾每靳固之;《广陵散》于今绝矣。'"

污秽，澡雪垢滓矣。"

二、伏滔《长笛赋》："……近可以写情畅神……穷足以怡志保身。"

三、《列子·黄帝》篇："海上之人有好鸥鸟者，每旦之海上，从鸥鸟游。鸥鸟之至者，百住（音数）而不止，其父曰：'吾闻鸥鸟皆从汝游，汝取来吾玩之。'明日之海上，鸥鸟舞而不下也。故曰至言去言，至为无为；齐智之所知，则浅矣。"

四、夏竦《题睢阳》诗："忘机不管人知否，自有沙鸥信此心。"

鲁直是洪州分宁县人，去太和甚近，而说"万里归船"，不免肤廓；此当是杜甫影响，因为甫喜欢用"百年""万里"等大字眼，但他用得合式。两句以思归隐结，本是熟套。"弄长笛"似乎节取马、伏两赋义，与归船相连，却算新意思；"白鸥盟"之"盟"，也似乎未经人道。"此心"即"心"，"此"字别无涵义；心与鸥盟，即慕"无为"。思"忘机"，轻"齐智"（庸俗之人），鄙官事之意，与全篇都有照应。

（《中学生》杂志）

陶诗的深度
——评古直《陶靖节诗笺定本》

　　注陶诗的，南宋汤汉是第一人。他因为《述酒》诗"直吐忠愤"，而"乱以廋词，千载之下，读者不省为何语"，故加笺释。"及他篇有可发明者，亦并著之。"① 所以《述酒》之外，注的极为简略。后来有李公焕的《笺注》，比较详些；但不止笺注，还采录评语。这个本子通行甚久；直到清代陶澍的《靖节先生集》止，各家注陶，都跳不出李公焕的圈子。陶澍的《靖节先生年谱考异》，却是他自力的工作。历来注家大约总以为陶诗除《述酒》等二三首外②，文字都平易可解，用不着再费力去作注；一面趣味便移到字句的批评上去，所以收了不少评语。评语不是没有用，但夹杂在注里，实在有伤体例；仇兆鳌《杜诗详注》为人诟病，也在此。注以详密为贵；密

---

　　① 　以上引语均见汤序注。
　　② 　《腊日诗》及《杂诗》第十二都极难解。

就是密切、切合的意思。从前为诗文集作注，多只重在举出处，所谓"事"；但用"事"的目的所谓"义"，也当同样看重。只重"事"，便只知找最初的出处，不管与当句当篇切合与否；兼重"义"才知道要找那些切合的。有些人看诗文，反对找出处；特别像陶诗，似乎那样平易，给找了出处倒损了它的天然。钟嵘也曾从作者方面说过这样的话；但在作者方面也许可以这么说，从读者的了解或欣赏方面说，找出作品字句篇章的来历，却一面教人觉得作品意味丰富些，一面也教人可以看出哪些才是作者的独创。固然所能找到的来历，即使切合，也还未必是作者有意引用；但一个人读书受用，有时候却便在无意的浸淫里。作者引用前人，自己尽可不觉得；可是读者得给搜寻出来，才能有充分的领会。古先生《陶靖节诗笺定本》用昔人注经的方法注陶，用力极勤；读了他的书才觉得陶诗并不如一般人所想的那么平易，平易里有的是"多义"。但"多义"当以切合为准，古先生书却也未必全能如此，详见下。

从《古笺定本》引书切合的各条看，陶诗用事，《庄子》最多，共四十九次；《论语》第二，共三十七次；《列子》第三，共二十一次。曾用吴瞻泰《陶诗汇注》及陶澍注本比看，本书所引为两家所无者，共《庄子》三十八条，《列子》十九条；至于引《论语》处两家全未注出。当时大约因为这是人人必读书，所以从略。这里可以看出古先生爬罗剔抉的工夫；而《列子》书向不及《庄子》烜赫，陶诗引《列子》竟有这么多条，尤为意料所不及。沈德潜说："晋人诗旷达者征引《老》、《庄》，繁缛者征引班、扬，而陶公专用《论语》。汉人以下宋人以前，可推圣门弟子者渊明也。"① 照本书所引，单是《庄子》便已比《论语》多；再算上《列子》，两共七十次，超过《论语》一倍有余。那么，沈氏的话便有问题了。历代论陶，大约六朝到北宋，多以为"隐逸诗人之宗"，南宋以后，他的"忠愤"的人格才扩大了。本来《宋书》本传已说他"耻复屈身异代"等等②。经了真德秀诸人重为品题③，加上汤汉的注本，渊明的二元的人格才确立了。但是渊明的思想究竟受道家影响多，还是受儒家影响多，似乎还值得讨论。沈德潜以多引《论语》为言，考渊明引用《论语》诸处，除了字句的

---

① 《古诗源》九。

② 拙著《陶渊明年谱中之问题》中有辩，见《清华学报》九卷二期。

③ 参看真德秀《跋黄瀛甫拟陶诗》，见《文集》三十六。

胎袭，不外"游好在六经"，"忧道不忧贫"两个意思①。
这里六经自是儒家典籍，固穷也是儒家精神，只是"道"
是什么呢？渊明两次说"道丧向千载"②，但如何才叫做
"道丧"，我们可以看《饮酒》诗第二十云："羲农去我
久，举世少复真。汲汲鲁中叟，弥缝使其淳。""真"与
"淳"都不见于《论语》③。什么叫"真"呢？我们可以
看《庄子·渔父篇》云：

  真者，所以受于天也，自然不可易也。故圣人
法天贵真，不拘于俗。

"真"就是自然。"淳"呢？《老子》五十八章："其
政闷闷，其民淳淳"，王弼注云：

  言善治政者无形无名，无事无政可举，闷闷然
卒至于大治，故曰"其政闷闷"也。其民无所争竞，
宽大淳淳，故曰"其民淳淳"也。

---

① 《饮酒》诗第十六及《癸卯始春怀古田舍》诗第
二。
② 《示周掾祖谢》及《饮酒》诗第三。
③ 据日本森本角藏《四书索引》。

陶《劝农》诗云："悠悠上古，厥初生民，傲然自足，抱朴含真。"《感士不遇赋》云："……抱朴守静，君子之笃素。自真风告逝，大伪斯兴。……""抱朴"也是《老子》的话①。也就是"淳"的一面。"真"和"淳"都是道家的观念，而渊明却将"复真""还淳"的使命加在孔子身上；此所谓孔子学说的道家化，正是当时的趋势②。所以陶诗里主要思想实在还是道家。又查慎行《诗评》论《归田园居》诗第四云："先生精于释理，但不入社耳。"此指"人生似幻化，终当归空无"二语。但本书引《列子》、《淮南子》解"幻化"、"归空无"甚确，陶诗里实在也看不出佛教影响。

陶诗里可以确指为"忠愤"之作者，大约只有《述酒》诗和《拟古》诗第九。《述酒》诗"廋词"太多，古先生所笺可以说十得六七，但还有不尽可信的地方，——比汤注自然详密得远了。《拟古》诗第九怕只是泛说，本书以为"追痛司马休之之败"，却未免穿凿。至于《拟古》诗第三、第七，《杂诗》第九、第十一，《读山海经》诗第九，本书也都以史事比附，文外悬谈，毫不切合，难以起信。大约以"忠愤"论陶的，《述酒》诗外，总以《咏荆轲》、《咏三良》及《拟古》诗、《杂

---

① 十九章："见素抱朴，少私寡欲。"
② 冯友兰《中国哲学史》下册六〇二至六〇四面。

诗》助成其说。汤汉说："三良与主同死，荆轲为主报仇，皆托古以自见。"其实"三良"与"荆轲"都是诗人的熟题目：曹植有《三良诗》，王粲《咏史》诗也咏"三良"；阮瑀有《咏史》诗二首，咏"三良"及荆轲事。渊明作此二诗，不过老实咏史。未必别有深意。真德秀、汤汉又以《拟古》诗第八"首阳"、"易水"为说；但还只是偶尔断章取义。刘履作《选诗补注》乃云："凡靖节退休后所作之诗，类多悼国伤时托讽之词。然不欲显斥。故以'拟古'、'杂诗'等目名其题"，二十一篇诗就全变成"忠愤"之作了。到了古先生，更以史事枝节傅会，所谓变本加厉。固然这也有所本，《诗毛传郑笺》可以说便是如此；但毛、郑所引史实大部分岂不也是不切合的！以上这些诗，连《述酒》在内，历来并不认为是渊明的好诗。朱熹虽评《咏荆轲》诗"豪放"，但他总论陶诗，只说："平淡出于自然"，他所重的还是"萧散冲澹之趣"①，便是那些田园诗里所表现的。田园诗才是渊明的独创；他到底还是"隐逸诗人之宗"，钟嵘的评语没有错。朱熹又说："陶欲有为而不能者也"，这却有些对的。《杂诗》第五云："忆我少壮时，无乐自欣豫。猛志逸四海，骞翮思远翥。"《饮酒》诗第十六及

---

① 参看《朱子语类》卷百四十。

《荣木》诗也以"无成"、"无闻"为恨。但这似乎只是少壮时偶有的空想,他究竟是"少无适俗韵,性本爱丘山"的人。

钟嵘说陶诗"源出于应璩,又协左思风力"。应璩诗存者太少,无可参证。游国恩先生曾经想在陶诗字句里找出左思的影响①。他所找出的共有七联,其中左思《招隐》诗:"杖策招隐士,荒涂横古今",确可定为渊明《和刘柴桑》诗"山泽久见招"、"荒途无归人"二语所本,"聊欲投吾簪"确可定为渊明《和郭主簿》诗第一"聊用忘华簪"所本。本书所举却还有左思《咏史》诗"寂寂扬子宅"(为渊明《饮酒》诗"寂寂无行迹"所本),"寥寥空宇中"(为渊明《癸卯岁十二月中作》"萧索空宇中"所本),"遗烈光篇籍"(为同上"历览千载书,时时见遗烈"所本),及《杂诗》"高志局四海"(为渊明《杂诗》"猛志逸四海"所本)四句。不过从本书里看,左思的影响并不顶大;陶诗意境及字句脱胎于《古诗十九首》的共十五处,字句脱胎于嵇康诗赋的八处,脱胎于阮籍《咏怀》诗的共九处。那么《诗品》的话就未免不赅不备了。但就全诗而论,胎袭前人的地方

————————

① 述学社《国学月报汇刊》第一集一三九、一四〇面。

究竟不多；他用散文化的笔调，却能不像"道德论"而合乎自然，才是特长。这与他的哲学一致。像"结庐在人境，而无车马喧"，"人生归有道，衣食固其端。孰是都不营，而以求自安"①，都是从前诗里不曾有过的句法；虽然他是并不讲什么句法的。

本书颇多胜解。如《命子》诗"既见其生，实欲其可"的"可"字，注家多忽略过去，本书却证明"题目入以'可'字，乃晋人之常。"②《和刘柴桑》诗，题下引《隋书·经籍志》注："梁有'晋'柴桑令《刘遗民集》五卷。《录》一卷。"证"刘柴桑"即"刘遗民"。此事向来只据李公焕注，得此确证，可为定论。又"弱女虽非男，慰情良胜无"，或以为比酒之醨薄，或以为赋，都无证据。本书解为比，引《魏书·徐邈传》及《世说》，以见"魏、晋人每好为酒品目，靖节亦复尔尔"③。《还旧居》诗"常恐大化尽，气力不及衰"，次句向无人能解；本书引《礼记·王制》"五十始衰"，及《檀弓》郑注，才知"常恐……不及衰"，即常恐活不到五十岁之意④。《饮酒》诗第十六"孟公不在兹，终以翳

---

① 《庚戌岁九月中于西田获早稻》诗。
② 卷一，十四叶。
③ 卷二，十二叶。
④ 卷三，五叶六叶。

吾情",旧注都以"孟公"为投辖的陈遵,实与本诗不切;本书据诗中境地定为刘龚,确当不易①。又第十八前以扬子云自比,后复以柳下惠自比。这二人间的关系,向来无人能说;本书却引《法言》及他书证明"子云以柳下惠自比,故靖节以柳下惠比之"②。又如《杂诗》第六起四句云;"昔闻长老言,掩耳每不喜;奈何五十年,忽已亲此事!"诸家注都不知"此事"是何事。本书引陆机《叹逝赋·序》"昔每闻长老追计平生同时亲故;或凋落已尽,或仅有存者……"③乃知指的是亲故凋零。

但书中也不免有疏漏的地方。如《停云》诗"岂无他人",本书引《诗·唐风·杕杜》④,实不如引《郑风·褰裳》切合些。《命子》诗"寄迹风云,冥兹愠喜",下句本书引《庄子》为解,不如引《论语·公冶长》"令尹子文三仕为令尹,无喜色,三已之,无愠色"。《归田园居》诗第二"常恐霜霰至,零落同草莽",上句无注,似可引《诗·小雅·颀弁》"如彼雨雪,先集维霰",及《楚辞·九辩》"霜露惨凄而交下兮,心尚幸其弗济。霰雪雰糅其增加兮,乃知遭命之将至",这两句诗是所谓

---

① 卷三,十二叶。
② 卷三,十三叶。
③ 卷四,六叶。
④ 原作"小雅",误。

赋而比的。《怨诗楚调示庞主簿邓治中》末云："慷慨独悲歌，钟期信为贤"，"钟期"明指庞、邓，意谓只有你们懂得我。不必引古诗为解。《答庞参军·序》："杨公所叹，岂惟常悲"；李公焕注；"杨公，杨朱也。"本书引《淮南子》杨子哭歧路故事，但未申其"义"。按《文选》有晋孙楚《征西官属送于陟阳侯作诗》，起四句云："晨风飘歧路，零雨被秋草。倾城远追送，饯我千里道。"这里的"歧路"只是各自东西的歧路，而不是那"可以南可以北"的了。可见这时候"歧路"一词，已有了新的引申义；渊明所用便是这个新义。"杨公所叹"只是"歧路"的代语，"叹"字的意思是不着重的。《和郭主簿》诗第一末云："遥遥望白云，怀古一何深。"本书解云："遥遥望白云"即"富贵非吾愿，帝乡不可期"也①。这原是何焯的话，富贵二语见《归去来辞》。但怀古与白云或帝乡究竟怎样关联呢？按《庄子·天地篇》："华封人谓尧曰："夫圣人鹑居而鷇饮，鸟行而无章。天下有道，与物皆昌。千岁厌世，去而上仙。乘彼白云，至于帝乡。三患莫至，身无常殃，则何辱之有！"《怀古》也许怀的是这种乘白云至帝乡的古圣人。又第二末云："检素不获展，厌厌竟良月"本书所解甚曲。"检素"即

①　卷二，十三叶。

简素，就是书信；"检索不获展"就是接不着你的信。《饮酒》诗第十三"规规一何愚"，引《庄子·秋水》"适适然惊，规规然自失也"，不切，不如引下文"子乃规规然而求之以察，索之以辩"。《止酒》诗每句藏一"止"字，当系俳谐体。以前及当时诸作，虽无可供参考，但宋以后此等诗体大盛，建除、数名、县名、姓名、药名、卦名之类，不一而足，必有所受之。逆推而上，此体当早已存在。但现存的只《止酒》一首，便觉得莫名其妙了。本书引《庄子》"惟止能止众止"颇切；但此体源流未说及。

古先生有《陶靖节诗笺》，于民国十五年印行，已经很详尽。丁福保先生《陶渊明诗注》引用极多。《定本》又加了好些材料，删改处也有；虽然所删的有时并不应删，就如《停云》诗"搔首延伫"一句，原引《诗经·静女》"爱而不见，搔首踟蹰"和阮籍《咏怀》"感时兴思，企首延伫"，《定本》却将阮籍诗一条删去了。我们知道陶渊明常用阮诗，他那句话兼用《静女》及《咏怀》或从《静女》及《咏怀》脱胎，是很可能的；古先生这条注实在很切合。《定本》所改却有好的，如《饮酒》诗第十八的注便是（详上文）。《诗笺》中四言诗注未用十分力，《定本》这一卷里却几乎加了篇幅一半。